江青在朱銘雕塑「太極陣」前的雙人舞《由始……》（柯錫杰攝影）。

江青和尊龍在舞蹈《雪梅》中。

俞氏三兄妹合影，50 年代在台大校長家，大哥俞大維（右）俞大綵和俞大綱。牆上是俞大綵先夫校長傅斯年畫像。

戒台寺家中的大展廳中，（左起）侯老、江青、鄧澍在江青肖像畫前合影。

兆欣與江青在艾未未柏林工作室排練《圖蘭朵》（亞男攝影）。

江青、艾未未在劇場樂池前交換意見（亞男攝影）。

排練中江青坐在舞台上記筆記（亞男攝影）。

江青在劇場走廊的背影（亞男攝影）。

2023 年 1 月 24 日（左起）嚴歌苓、林青霞、漢斯、金星、江青（SWKit 鄧永傑攝影）。

2022 年 7 月 31 日金星義大利別墅台階前金星（左）江青。

2022 年 5 月江青陪母親慶百歲生日，網上連線親友。

2023 年 6 月 3 日邁平在紐約探望江青 101 歲的定心丸——母親。

定心丸

章詒和

江青
著

目錄

序

誰言寸草心，報得三春暉——
為江青《定心丸》寫的序言

陳邁平（筆名萬之）《今天》雜誌創辦人之一

有的文字可以如詩，有的文字可以如歌，有的文字可以如舞，有的文字可以如樂，有的文字可以如畫。

我已經讀過江青寫的不少文字，差不多她已出版的書我都讀過。有如詩如歌的，有如舞如樂的，但更多的是讓我感覺如畫的，讀時仿佛是聽穆索爾斯基作曲的《圖畫展覽會》，漫步在一個畫廊裡，讓你在一張張繪畫前流連忘返。或者更貼切地說，讀這些文字，往往像是在斯德哥爾摩西郊梅蘭湖畔的格利斯霍爾姆城堡裡漫步。那個城堡以珍藏有數百幅瑞典歷史和文化人物的肖像畫而著名，從歷代歷朝的王候將相，到當代的政治領袖和文化名人，幾乎都囊括在內。能被畫成肖像名列在這個城堡的收藏裡，當然不會是瑞典的等閒之輩，一定有些精彩神奇的人生故事，所以格利斯霍爾姆城堡裡的肖像畫也相當於一個瑞典的封神榜。

江青的文字，抒情寫景的不多，議論爭辯的更少，而敘事經常是圍繞一人的憶敘，每篇都仿佛是一幅肖像畫。讀過之後，就好像是你也見識了這個人的音容笑貌。其中有的文字是寫故交舊識，有的文字是寫親朋好友；有時是濃墨重彩如油畫，有時是寥寥數語如速寫。不過一般來說，都是華人文化界藝術界知識界的知名人士，精英泰斗，也都不是等閒之輩，也都是值得畫一幅肖像畫陳列到某個博物館的。就如這本書裡的戴愛蓮、艾未未、金星、尊龍、張北海、候一民等等，以及江青之前的書裡寫過的高行健、余英時、夏志清、傅聰、譚盾、林青霞、周文中、三毛、瓊瑤等等，數不勝數，無不是各自文化藝術領域裡的頂尖人物。

作爲一個崇尚人文主義的人，我當然主張人生而平等，尤其是生命價值的平等，都有平等的人權和自由，不分高低貴賤。不過，不同的人生卻是有不同價值的。有人一生追逐權力，有人一生追逐金錢，有人一生追逐聲名，有人一生追逐物質享受，醉生夢死，但這些在我看來都不是什麼眞正的人生價值。我的價值觀，是一種文化的價值觀，也是一種創造性的價值觀。這種價值觀，不以財富官位衡量人生的價值，而是看一個人在文化藝術方面是否有所創造，尤其是創造出前所未有而因其創造才有之的事物。如有唐朝詩人一生只在《唐詩三百首》裡留傳下了僅僅一首詩，但在我看來也是一種文化藝術上的創造，可以給後人帶來一點藝術和精神的享受，那就是有價值的人生，其價值而且是永恆的，甚至可以勝過一把火就燒掉了的阿房宮三百里。

江青筆下的人物，大多數是這類在文化藝術上有所創造的人，是值得爲之畫一幅肖像的人，甚至是可以樹碑立傳的人。其有價值的人生，也讓江青的文字有了肖像畫或碑傳一樣的價值。這些人的人生故事，是可以值得後人一讀再讀的。

我有個朋友，乾脆把人就分爲「沒故事的人」和「有故事的人」兩大類，這種分法也代表了一種價值觀。「沒故事的人」，無聊無趣，無品無味，就算是有權有勢，有錢有財，卻不值得與之交往，徒耗生命；而「有故事的人」，或是自己就有傳奇的人生故事，活得精彩，活得有意思有價值，或是因經歷豐富，見多識廣，交友廣闊，也會講出很多別人的人生故事，還講得有聲有色。這個世界上的人，大概百分之九十以上，是「沒故事的人」，是渾渾噩噩度過一生的芸芸衆生；只有少數人是「有故事的人」，是活得有意思的人。這種看法，聽起來有點接近尼采的超人學說，也好像是一種文化上的「勢利眼」，貶低了大多數人的人生價值。然而，恕我直言，這也是一個無情的事實。

而我敢說，江青就是這樣一個「有故事的人」，而且在「有故事的人」中也是特別「有故事的人」，借用林青霞的話來說，「江青一身都是故事」（參見林青霞爲江青《我歌我唱》寫的序言）。有關江青自己的人生故事，我推薦讀者去讀她的自傳作品《往時．往事．往思》。江青從舞蹈家到金馬影后，從導演和編舞到編劇和作家，橫跨數個藝術領域，那樣的經歷也是獨一無二；而江青也會講述許多其他人的故事，因此筆下也多是「有故事的人」，之前就出過多本著作，如《故人故事》、《說愛蓮》、《回望》、《我歌我唱》、《念念》等等，幾乎全是「有故事的人」的肖像集。這本《定心丸》，是她寫的最新的「有故事的人」的故事。她請我爲這本書寫篇序言，實在讓我感到非常榮幸又非常惶恐，因爲我覺得自己並非是個有資格給她寫序的人，但這裡也看出她對我的信任，對我的友情，所以是推辭不得的。

我是一九九〇年秋天到瑞典斯德哥爾摩大學中文系來教書的，是在這裡認識了同住一城的江青及她的一家人。由於我們都對文學藝術有共同的興趣，在這方面也有很多共同的朋友（如高行健），共同的師長（如余英時），共同的客人（如章詒和），所以我們經常一起接待那些師友賓客，一起迎來送往，盡地主之誼，互相交往也就很多，因此也建立了三十多年的深厚情誼。坦率地說，這種情誼甚至也包括了親情鄉情，因爲我和江青小時候都在上海住過，都會說點上海話，用上海人的俗話說，就是成了「茲嘎寧」（自家人），可以「不見外」了。就如江青的兒子漢寧，已經成長爲大帥哥，小時的衣服鞋子不用了，江青就拿來給我的兩個孩子穿，我也照收不誤，就和我自己小時常穿我哥哥的衣服一樣，這是「茲嘎寧」的做法。

邁平在猞猁島作客（亞南攝影）。

江青和我自己的大姐是同年出生，所以我也敬江青如自己長姐，而江青待我也如小弟，照顧有加。我的母親和大哥大姐來瑞典探親，江青都曾接到她家適合夏天避暑度假的小島上去居住。各自如有家事困擾，也可以坦誠相告，推心置腹互解心結。有意思的是江青的瑞典先生比雷爾和我妻子安娜都是來自瑞典最北方的省份，甚至和安娜外祖母同一個鄉鎮，是北極圈的邊上，那裡民風淳樸，也像中國農村那樣看重鄉情，還據說是聖誕老人的故鄉。如果要我給讀者介紹比雷爾的模樣，也畫幅肖像，那麼我只要說，比雷爾就像個眞正的聖誕老人，讀者就能明白了，而比雷爾其實是瑞典著名卡羅琳斯卡醫學院的著名教授，知識淵博溫文爾雅。那個醫學院也是諾貝爾醫學獎的評獎機構，比雷爾也曾參加過醫學獎的評選。

一言以蔽之，以三十多年的交往，三十多年的情誼，我自認爲對江青這個「有故事的人」雖然不能說完全知根知底，但對她的爲人，對她的故事，還是非常熟悉的。

我們這種情誼最堅實的基礎，首先在於我們有比較共同的價值觀，在很多是非問題上我們的看法是完全一致的。比如江青很早就和鋼琴家傅聰共同發起過營救中國民主人士魏京生的簽名活動。我們對一九八九年天安門發生的血腥鎮壓學生的事件都有同樣的憤慨，發出過同樣的抗議，而對事件之後流亡海外的中國作家等等，都義無反顧地盡力幫助。我們曾一起接待過流亡海外的著名中國記者劉賓雁先生（又是一個太「有故事的人」）。劉賓雁曾到斯德哥爾摩大學出任客座教授半年，那時就常是江青家的座上賓，而我也常做陪客。她還爲流亡海外的中國社會科學院文學所所長劉再復先生安排聯繫蔣經國基金會的資助，幫助解決他流亡生活中的困難。高行健獲得諾貝爾文學獎之前也有過相當困難的階段，而江青也和他合作過兩個劇作，如《冥城》和《聲聲慢變奏》。和異見分子、流亡者接觸，自然是冒著一定政治風險的，是很多中國文化人避之不及的，而江青能不畏強權，能做到「不摧眉折腰事權貴」，這一點尤其難能可貴，讓我敬佩。

音樂家譚盾這樣描述上世紀八十年代他在北京初次見到江青的印象：「初次見面，就覺得她很『鮮』，和北京當時的藝術家比，有一點不一樣，『洋洋』的，美麗，眞實又豆腐——也就是說她美貌的背後隱藏著巨大的創作膽量，生活中又具有人情味，而且還長著一顆豆腐心，善良。」我覺得譚盾給江青畫的這幅肖像很到位，「美麗」、「眞實」和「善良」，這三個詞，是對江青這個人很好的總結。不過，江青卻不是一般的美麗、眞實和善良。就美麗而言，有很多女性的「美」是靠化妝打扮出來的，甚至還靠整容假造出來，但江青是天生麗質，除了在舞台上演出在鏡頭前拍攝需要化妝，在日常生活裡，幾乎看不到她塗脂抹粉刻意打扮，從來不染髮，從來不修塗指甲，但依然風度翩翩，靚麗光彩。就眞實而言，那就是活得非常本色，生活和演出幾乎都沒有了區分，在臺上跳舞是生活，在臺下生活像跳舞，都是一個人，從沒有扭捏作態，沒有一點虛情假意的表演感。和江青交往，人往往也可以非常放鬆。就善良而言，江青能有那麼多「有故事的人」做朋友，本身也說明她慷慨好客、待人友善，甚至有「道」，古道熱腸之「道」。用通俗一點話來說，是譚盾說的那種「人情味」，是待人有「情」有「義」。中國人說的「義」，是一種很難說清的道德情操，超出了一般人的「與人爲善」之「善」，比「善」更高。我有時覺得這接近中國人說的「江湖義氣」，所以曾半開玩笑地對她說，妳有點像是一個女柴進。柴進是《水滸傳》中的一個英雄好漢，特點是仗義疏財，喜好結納四方豪傑。我覺得江青也是喜好接納文化藝術界的四方豪傑，有朋自遠方來瑞典，江青經常要親自做出一桌像模像樣的好菜在家裡招待（順便可以提一下，江青是個美食家，也是個好廚師）。可以說，來瑞典的中國文化人幾乎沒有江青沒接待過的。

譚盾曾經這樣說，「江青是我的恩人」（見譚盾給江青再版的《往時．往事．往思》寫的序）。這裡譚盾說的「恩」，主要說的是江青八十年代到中國介紹現代舞和現代藝術，幫助譚盾打開了眼界，成了他的一個「啟蒙老師」。而得益於江青「啟蒙」的人，當然還不止譚盾一個，而是有一批中國年輕藝術家。這些人中後來有不少去了紐約，都多少得到過江青的幫助，也有了自己的人生好故事。這些人中除了譚盾，還有《定心丸》這本書裡提到的舞蹈家金星，還有艾未未、劉索拉等等。江青其實是很多人的「恩人」。

在《定心丸》這本書裡，有個人物可能不算是華人文化藝術圈裡的名人，甚至可

2023 年 7 月江青和邁平去新澤西自由州立公園參觀 911 紀念雕塑「空曠的天空」（The Empty Sky）（Tina 王攝影）。

以說默默無聞，但卻是書中最重要的一個人物，最重要的一幅肖像，也是最「有故事的人」。這個人就是江青的母親巫惠淑女士，這本書其實也是江青獻給這位百歲老人的，是本書最好的一篇文字。江青用最深情最用心的文字，繪出了一個慈母的肖像，記敘了母親的「淡定、睿智、堅韌、容忍、大度」，而在江青自己跌宕起伏的一生中，每逢她遇到風浪，到了「人生低谷」，母親就會成爲她的「定心丸」，讓她的生活柳暗花明轉危爲安。

這三十年裡，我和這位母親當然也有過不少交往，去紐約還在她家裡住過。這是一位讓人既感到親切又感到敬畏的母親，見到她，你會明白中國人說的書香門第大家閨秀應該是什麼樣的。在今天的中國，這種風範恐怕已經很少能看到了。江青文中引了俞大綱先生的一句話，「妳母親也有信來，我覺得妳的媽媽是個偉大的女性」。這句話讀似簡單，文字後面卻含有深意，是封什麼樣的「信」，能讓俞先生得出一個「偉大的女性」結論。它讓人去想像一個母親爲鋪平女兒的人生道路付出多少心血。

江青用「定心丸」來形容自己的母親，而我更願意用另一個比喻來形容她，我說她像是一艘航船的「壓艙石」，無論有什麼狂風驟雨，有了這樣的壓艙石，一個家庭的生命之船才不會沉沒。順便提一下，斯德哥爾摩有一個很著名的瓦薩沉船博物館，裡面陳列了一艘沉沒近四百年仍很完整打撈起來的龐大古戰艦，船上幾十門大炮，幾十件雕塑，極盡奢華地顯示當時瑞典王國北歐一霸的威風和武力，但因爲壓艙石不夠，船一下水，微風一吹，就傾翻沉掉了。可見，壓艙石雖然不起眼，壓在艙底人們都看不見，但卻是一艘船最重要的部分。

江青文中的有些細節，特別傳神地繪出慈母的形象。比如江青在紐約成立自己的現代舞舞蹈團，租下倉庫設立工作室的時候，「母親為了支持我，經常由雪梨到紐約，還買了架縫紉機，從給演員量身，到一件件縫製演出服。寫到這裡，我仿佛可以看到她在燈下，縫紉機前的剪影。記得同條街上有家布料店，碎料非常便宜，我們經常進去淘寶。一天我在蘇荷逛畫廊，發現有一堆黑布料扔在製衣廠門口的人行道上，每幅至少有單人床單那樣大，馬上想到可廢物利用做幕簾。於是趕緊回去拿推車，幾次來回就將整堆布料推到了工作室。母親當時在紐約，就又借用了她那雙巧手，幾天之後，整幅牆的大鏡需要消失時，可用黑簾子拉上遮起來，另一端的白牆也是同樣處理。這一來連舞台底幕全有了，況且還能有黑簾和白牆兩色可選。加上燈光設施和觀眾席後，建成了可以容納五十位觀眾的實驗小劇場。」

江青說到她母親為演員趕製服裝的「縫紉機前的剪影」，讓我聯想起孟郊的《遊子吟》：

慈母手中線，遊子身上衣。
臨行密密縫，意恐遲遲歸。

誰言寸草心，報得三春暉。

「定心丸」也好，「壓艙石」也好，一個偉大的母親給我們的人生帶來的春暉確實難以報答。但我還是相信我前述的文化價值觀，相信文字的價值，就如一首《遊子吟》，就如這本《定心丸》，文字如畫，它已經讓一個偉大的母親躍然紙上，乃至不朽。

二〇二三年四月二日萬之寫於斯德哥爾摩

續舊緣，憶故人——俞先生大綱

「有緣千里來相會」是耳熟能詳近乎口頭禪的一句話，卻在近日體會到了那份難能可貴的眞情和難捨離的緣份。

緣起是良師益友俞大綱教授的女兒俞啟木（Ruby）在整半世紀後跟我聯繫上了。當我們通電話時才發現我們是隔河之鄰——哈德遜一河之隔，她在紐澤西那頭，我在曼哈頓這邊，沒多久她跨河而來。在我們相擁的那一刻，竟然感到我們從來就沒有分開過，記憶如滔滔洪水將我們淹沒，我們滔滔不絕的談我口中的俞伯伯、俞伯母，啟木的父母，她一直感到未能盡孝無比愧疚；也談我尊敬的長者俞大維先生，她的四伯伯，笑談這位智勇雙全的前台灣國防部長，生平只怕一個人——老婆，也是她的表姐陳新午（陳寅恪妹妹），我親眼見她發雌威時，國防部長一點火氣全無，永遠靦腆的一笑帶過；還有我印象中刀子口豆腐心的傅媽媽（知名學者俞大綵，台大校長傅斯年

左起俞大綱、俞大維、俞大綵在台北。

夫人），啟木的八姑。我們也談到她家中像親人一樣貼心的老保姆，大家口中的施媽。施媽從大陸跟隨俞大綱夫婦一九四九年到台灣，先送走了主人夫婦，然後一直陪伴姊弟情深的俞大綵，直至她寂寞的離去。施媽一生對俞家赤膽忠心無私的奉獻，啟木感恩，先後多次去台灣探望這位無兒無女孤苦伶仃的老人，讓她生活上可以安枕無憂的度過餘年。

我們見面當然首先談母親。啟木美麗高雅的母親俞鄧敬行，在先生去世後搬到女兒俞啟玲紐澤西家中居住，我去看望俞伯母時，她對丈夫的故去隻字未提，好像當他遠行去了，但她落寞寡歡的神情刻寫出心中的哀思和苦悶，一九八四年秋天她也隨夫遠行去了。

談到我的母親，告訴啟木：「母親江巫惠淑如今健在紐約，今年高壽整一百，知道我跟妳續上了舊緣喜出望外，我和妳見面的一點一滴細節她都想知道。她跟妳父母在台北見過幾次，也感念那些年來俞家對我的關愛，妳父親在給我的信中也讚賞我母親是位了不起的偉大女性……」

俞啟木（中）與父母俞大綱、俞鄧敬行，
背後是曾國藩的題字。

江青在俞大綱老師家作客。

無所不談時憶起一九七〇年我離婚，轟動新聞搞得滿城風雨，除了父母幾乎能躲的人都躲了，此時可信賴、可依託的還是俞家。除了俞伯伯關懷備至的勸導，此時俞伯母、傅媽媽、周曼華、胡蝶阿姨，都對我愛莫能助，她們幾乎每天陪著我在方城之戰中麻痺自己，打台幣兩百元的逛花園。「戰場」多半設在俞大綱夫婦台北金山南路家中，老保姆施媽似乎知道我不幸的遭遇，處心積慮的做可口的飯食要給我增加體重，而且要我放心，我們在方城桌上的談話，她會對外守口如瓶。傅媽媽知道我想遠走高飛「逃」去美國，還貼心周到地聯絡了她的乾女兒，必要時可以照顧我。俞大維先生出面向台灣警備司令部擔保「無共黨匪諜嫌疑」，我才得以從曾經是最親近的人誣告中脫險，順利拿到出境簽證離開台灣。記得當年俞大維先

六十年代中期，在俞家家宴。左起江青、俞大維、俞大綵、汪玲。

生還不失幽默的安慰我：秀才遇到兵，有理說不清！

我與啟木相識於一九六六年，她在美國唸大學，暑期中回台北探親時在她父母家中見到。她長我四歲，十分陽光、率性，早就從她父母那裡知道她幸運的奇遇：年輕時在父親朋友的旅行社打工，一次在當導遊時認識了一對美國夫婦，十分喜歡她，結果這對夫婦，不但遵守承諾把她接到美國供她唸書生活，還視如己出認她作了義女。啟木告訴我義父母是億萬富翁，她唯一可以做的就是每年陪伴他們搭乘郵輪周遊列國數週。此後再見到啟木已經是一九七〇年，我在洛杉磯走投無路時她幫我搬了一次家，後來我先搬去柏克萊後又遷到紐約就失去了聯繫。

直至二〇二一年，一九八七年在紐約大都會工作時就認識的女高音鄧玉屏打電話給我說：「有人急切的在找妳，是我朋友的朋友告訴我的，我也不知道她是誰？」

原來啟木在遛狗 Angie 時見到一位散步的東方人 Mary，攀談中知道她喜歡看歌劇，就開始打聽我，Mary 在看歌劇時遇到過我和鄧亦屏在一起，於是就這樣接上了線。

啟木告訴我她在香港給美國銀行工作多年，退休時已經是單身，搬到紐澤西之後，才把興趣放在訪祖尋根和養狗上。父母在世時家人對家世這類事極少提及，而俞家都輪流懸掛曾國藩的書法，右聯：世事多因忙生錯，左聯：好人半自苦中來。究竟是怎麼回事？於是啟木摸清了大概，先後去了長沙尋找曾國藩（曾文正公）的來龍去脈，赴浙江找尋俞家的家史。這是我第一次瞭解到俞家的顯赫家世：父親俞大綱是中國戲曲學家，父親的母親曾廣珊是曾國藩的外孫女；長兄俞大維曾任民國交通部長、台灣國防部長，大兒子俞揚和娶了蔣經國的女兒蔣孝章；姊夫傅斯年是望重一時的中央研究院史語所所長、台大校長；親表兄亦師亦友，兩代姻親三代世交則當代大儒陳寅恪；堂侄孫俞正聲，曾任中共中央政治局常務委員、全國政協主席；其他沾親帶故的名人不勝枚舉。

她給我看了一篇呂山寫的文章〈槳聲燈影，遙想當年〉，錄其中一段：

> 客人是中國台灣地區已故著名戲劇學家俞大綱的女兒，這一次專程來看俞家祖上的發祥地，順便作觀光之游。我陪她從寶積寺下進入街口，由東街踏上洞橋（其實也是平板梁式橋，不知何故稱作洞橋），望著橋下一泓算不上清澈的水，我忽然心懷不安，直怕有污她的清目。然而俞啟木似未注意及此，她久久地朝著東西兩頭眺望，動情地喊了起來，「啊！一條小河！」我指點著告訴她，前面一個河埠就是俞家的。她顯得興奮而且急迫，追著問我哪裡哪裡？似乎想把這裡的風景風情，都印到她的腦海之中。

我馬上將我寫的《故人故事》一書送給啟木，其中一章〈感懷良師益友俞大綱教授〉二〇一一年秋天寫，在此節選：

一九八九年，在闊別台灣十九年後我又回到了台北，在國家劇院作獨舞演出。當時，最令我遺憾的是：無法邀請俞大綱老師坐在觀眾席上。他是我舞蹈藝術生涯中最重要的「知己」，我甚至想，哪怕只有他一位觀眾在場，於我，此願已足矣！我一直十分懊悔，沒能在他有生之年前去探望這位慈祥和藹的良師益友，並向他展示自己離開電影圈後，在舞蹈藝術上的成長，聽他指點，向他討教。一九七七年五月二日他因心臟病發，走的如此突然、匆忙！正如傅媽媽（俞大綵）所慟：弟弟，你為甚麼如此突然的不辭而別，形單影隻，悄悄的走向另一個世界，一去不返？

一九六三年，我十七歲，演完香港國聯公司的創業作、李翰祥先生執導的黃梅調影片《七仙女》，沒多久就結識了俞大綱先生。因為我在影片中既是主演又任編舞，一生專注於中國傳統戲曲和詩詞研究的俞大綱教授，很想瞭解我在中國大陸接受藝術教育的經驗。面對和藹可親真誠的長者，我毫無保留地將五十年代末和六十年代初，我在北京舞蹈學校當學生的經驗告訴了俞老師，除了教學課程之外，他最感興趣的是知道當年中國實行文藝「百花齊放，百家爭鳴」方針的一些事情。我如數家珍般一一數來：北京週期性舉辦「全國民間表演藝術匯演」，每次集中數千演員，超過百台的晚會，各省的精英和各類形式的無論是傳統經典或即將失傳的劇目，全都琳瑯滿目地呈現在北京大大小小的劇場中。舞校特意調配了學生的作息時間，好讓學生們和老師一起觀摩演出，並邀請了多位不同地區的民間老藝人來學校示範、教學，那些課沒有刻板的理論教條，卻充滿了有生命的生動形象。我樂此不疲地趁著千載難逢的大好機會，隨著校車出入到各劇場中大飽眼福。在每次幾乎一個月，有時一天幾場的匯演期間，我是如醉如痴地迷戀上了舞台。豐富多彩的中國傳統民間表演藝術強烈地震撼了我，它既有即興、寫實美的一面，也有樸質獰厲的魅力；雄渾淳樸的氣息中即流露出情感意興，也兼容著智慧和氣勢。那些年看「匯演」以及直接向老藝人學習，其中印象最深的是京劇武生蓋叫天在舞校劇場中示範講座「武松打虎」；安徽民間花鼓燈藝人馮國珮；雲南「孔雀王子」毛相在課堂親自授課……促成了我立志學習中國舞蹈的興趣。北京舞校四年級專業分科時，我毫不猶豫的填報了「中國舞蹈系」專業。

在他金山街的家中、在館前路他掛名董事長的「怡太旅行社」文藝沙龍中，我先後結識了戲劇家姚一葦教授和剛剛出道的胡耀恆、陳耀祈，以及戲曲界的徐露、郭小莊，國外來訪的舞蹈家黃忠良、王仁璐等人。我雖然那時在當電影「明星」，但對自己的老本行舞蹈還是念念不忘，就在俞大

1967 年，怡太旅行社中俞大綱老師（中）主持文藝研討會，左二許常惠、右四江青 。

綱老師的召集和推動之下，當時在他周圍的幾位音樂、舞蹈界朋友，劉鳳學、許常惠、史惟亮和我，一起成立了「音樂、舞蹈研究小組」。在俞老師主持的會議上，同行們聚在一起交換經驗，總是氣氛熱烈，暢所欲言。談得多想的就多了，結果我舞與大作，感到當時台灣的中國舞蹈仍是一片沙漠，自告奮勇的在俞老師推薦下，到中國文化學院舞蹈系授課教中國舞。基於當時台灣仍處於戒嚴時期，對大陸一切甚為敏感，我怕惹上「為匪宣傳」的嫌疑，不敢暴露我在北京舞蹈學校習舞的背景；加上當時拍片日程太緊，要保證每週上兩節課，幾乎是不可能的任務，堅持了一個學期，只好不無遺憾地作罷。

往事依稀，俞大綱老師博學謙恭，真誠無私，對於藝術的認知和發掘、努力和盡心，為台灣的文化加油添火，直到今日都還在台灣藝文界中產生深遠的影響。雲門舞集林懷民就曾對我說：「是俞大綱老師帶我認識了中國文化的。」

那時，國聯公司一口氣買下了瓊瑤四、五部作品的版權，準備攝製。其中同名電影《幾度夕陽紅》及《迴旋》改編成的電影《窗裡窗外》由我主演。在這之前就在俞老師家中見過瓊瑤幾次，俞老師很疼惜她一個人艱辛地帶著孩子還發憤圖強，堅持創作，也欣賞她過人的毅力和善良的本性，所以特意安排我們結識，希望我們交往。接觸下來，我感到瓊瑤姐在作品上「文如其人」，在生活中「見義勇為」，是位具有真性情、待人接物極其真誠的人，交友貴「真」，除此之外，夫復何求？至今，我們雖遠隔重洋，但一見面便可以促膝談「心」。

俞大綱老師作為年輕人的精神導師，力行身教和言教，他極有親和力，常和年輕人打成一片，在閒聊談話中談文論藝，也在生活中教導做人處事的道理。

一九六六年，正值影劇事業高峰，我突然閃電結婚，社會輿論一片嘩然，諸多長輩和同行不便或並不看好，大都沒來參加在國賓飯店補辦的喜宴，而長輩俞大綱、鄧敬行伉儷卻充當我的家長，給了我得以依靠的臂膀。

一九七〇年離婚後初到美國，人事兩茫茫，思念仍在台的幼子，過去如影隨形。學英文之餘，除了給親友寫信，其他的事都無法專心，其中跟俞大綱老師信通得最多，他寫道：「從信中接觸到你的悲憤，為之惻然，長痛不如短痛，還是忘了一切吧！宗教與藝術的最高境界，是捨而非取，我希望你能走上這一境界。常作如是想，至少心境可得平安。」

過了一段時間，我開始認識到：一個人面對現實，求生存的勇氣和忍受寂寞的耐力，都是在不斷的磨礪中增長鍛鍊的。於是決心把自己釘牢在桌前寫舞蹈，讓自己只回憶和那份「傷痛」完全無關的事，把時間和腦子都

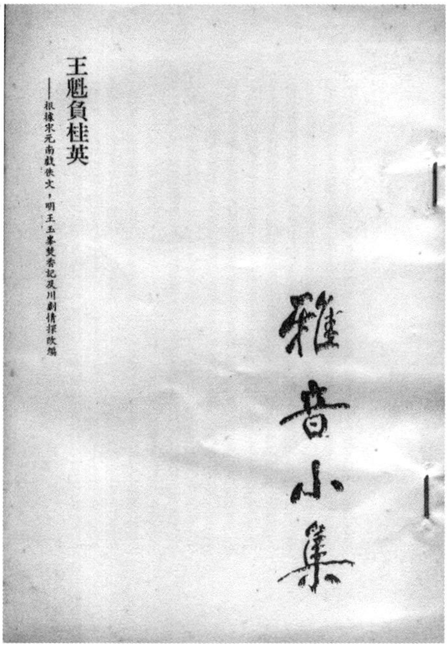
王魁負桂英
——根據宋元南戲佚文，明王玉峯焚香記及川劇情擇改編
雅音小集

俞老師劇本。

填滿。我寫信告訴了俞老師這個決心，他馬上回信鼓勵：「好在你已經想通了，努力讀書和寫作，可以暫解憂思，充實自己。」整整四十年後的今日，重新審視，再次體會到這位浸淫在古典戲曲和詩詞世界裡的學者，是如何保持一顆關愛且寬厚的心靈。當年我少不更事，哪能瞭解他所指的境界呢？在我人生陷入低谷時，俞老師與我分擔憂苦，不斷勉勵，循循善誘，才一步步地把我領出了當年無邊的苦海。

離開台灣半年後，俞老師來信告訴我：「因感於你的事件，我編寫了《王魁負桂英》京劇劇本，由郭小莊飾演桂英，演出時得到巨大的迴響。」

俞大綱老師在台灣文藝史上對京劇文化的推展具有承前啟後的地位，他逝去後，郭小莊感到俞老師對京劇及對她的栽培花了這麼多的心血，就是希望她能為京劇走出一條新路。為了承繼俞老師的遺志，一年後她成立了「雅音小集」，選了《王魁負桂英》作為創團作品。

由於傳統京劇盛況不再，觀眾逐漸流失，俞老師大力推廣京劇，除了是理論家，也是實踐家，他用通俗的妙筆寫出古典的戲劇。姚一葦教授認為：在台灣，俞大綱教授是一位真正懂得戲劇的人。在戲劇結構上，絕無廢筆，他的劇本，既深具古典特色，又能避免部分傳統戲曲拖泥帶水的缺陷。

一九八一年，我回北京舞蹈學院給大專班教現代舞創作，其中涉及到：

舞蹈的語彙要從自己文化的根底和規律出發，強調中國民族舞蹈必須兼具民族性和世界性的觀點。結果學生給我出難題：要我選一個最傳統的中國故事，編一個新的現代作品來說明我的創作概念。在苦思題材時，想到俞大綱老師經常跟我強調：要進得了傳統又走得出來，以及他當年因我的婚姻有感而發編寫的《王魁負桂英》。最後，我運用了抽象的方法來演繹，探索人性中的野心、情愛與矛盾、良心負疚等問題，並按照思路給這個舞劇起名《負、復、縛》請譚盾作曲。舞劇可以說是受俞老師《王魁負桂英》的啟發，但也是變奏、另一種詮釋或創作上的延續，這些都是這位良師當年苦口婆心循循善誘我們這群年輕人要走的方向，希望我們走上的道路。

雖然您不能坐在觀眾席上，但我始終相信您在微笑慈祥地看著我，您的言行仍然在教誨引導著我和許許多多的人。

請欣賞俞大綱老師在《王魁負桂英》劇中一段感人肺腑的桂英唱詞：

一抹春風百劫身，菱花空對海揚塵

縱然埋骨成灰燼，難遣人間未了情

良師益友俞老師大綱遺音永存！

啟木十分疼愛她的小狗Angie，帶 Angie 來紐約看我不方便，上周秋高氣爽於是我去紐澤西啟木家探望她。傍河而立風景絕佳的寬大客廳中掛著一幅張大千居士畫作，早聞大千先生與俞家很熟，但有趣的是這張畫竟然與俞大綱先生因感於我的事件，創作的國劇《王魁負桂英》有關。畫作上大千先生題字如下：

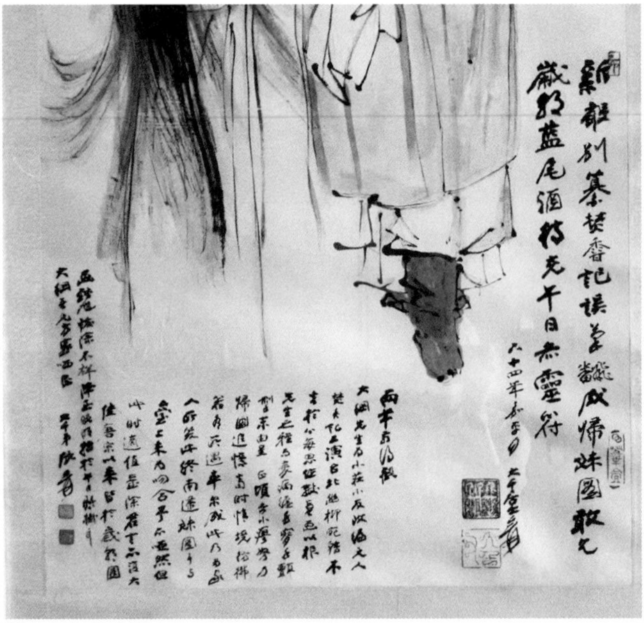

張大千在畫中題字。

江青與啟木和她的 Angie 在大千居士畫作前 2022 年 11 月 11 日。

（右題）
新聲別纂焚香記
誤筆翻成歸妹圖
敢允歲朝藍尾酒
待充午日赤靈符

六十四年嘉平月　大千居士爰

（下題）
兩年前得觀
大綱先生為小莊小友
改編元人焚香記上演
台北幽抑宛轉不去于心
每思作數筆畫以報先生之雅
而衰病纏身腕手顫掣末由呈正
頃者小瘳努力歸國
追憶當時情境

彷佛若有所遇
率爾成此乃為家人所笑
此終南歸妹圖耳
與臺上未為吻合
予亦啞然
但此時適逢歲除
君意亦復大佳
唐宋以來皆於歲朝圖畫鐘馗
祓除不祥
降至晚明
始於午日懸掛耳

大綱吾兄方家哂正　大千弟張爰

俞大綱先生知大千先生美意，特和詩一首作爲回報。在大學時俞大綱先生曾隨徐志摩習新詩，此畫觸動了他的詩興，特題了這首七言詩誌謝：

四海群推鬚絕倫，自營邱壑自藏身。
胸蟠雲氣招猿鶴，臂振霞光動鬼神。
道子聲華滋佗蕊，憶翁孤憤託蘭斵，
慚余結想臨川夢，敢為宜伶乞寫真。

啟木告訴我，疫情好轉後，將有台北之行，屆時會將此有紀念意義的畫作捐贈給「俞大維先生紀念學會」與眾分享。

今年十月二十五日林懷民如約而至我紐約家中，他送給我新出版的書《激流與倒影》，扉頁上他寫：「最後一本小書江青老師消遣」，我說：「怎敢當，我們共同的恩師是俞大綱老師。」懷民離開後，我迫不及待拜讀書中的文章，首先讀〈館前路四十號——想念俞大綱老師〉。讀時禁不住百感交集，時光倒流、往事歷歷在目，激起我對此生有知遇之恩的俞大綱老師無限的哀思、崇敬與感激，同時也緬懷起體貼入微的俞師母、傅媽媽、俞大維先生，你們的言行、音容慈貌，你們的善良、仁厚、正義，永遠在引領著我前行！

二〇二二年十一月十日於紐約

還魂——起死回生

二〇一六年是恩師戴先生愛蓮一百年冥誕，也是這位舞蹈家逝世十周年，二〇一四年我就想好，兩年後敬獻上《說愛蓮》紀念恩師。同時，我一九四六年出世，整七十歲時再出本書，也當是給自己「人生七十才開始」的一份厚禮。承蒙隱地先生答應「爾雅出版社」出繁體版；大陸「人民出版社」應允出簡體版，在北京「紀念戴愛蓮百年誕辰」時出版，現在寫下這本書還魂——起死回生的「命運」。

一本書由構思、創作、編輯、排版、校對、印刷、裝訂，到成為我們精神上的糧食，其間過程，說像一粒米從農夫培植秧苗、犁田、插秧、灌溉、收割、打穀、曬穀、去糠，而後由農會收購、運輸，經過大盤、中盤、米店到我們家裡，是完全一樣的。

這段話是台灣「爾雅出版社」資深創辦人，也是元老級作家隱地先生在《出版圈

2015 年江青與愛蓮胸像在倫敦皇家舞蹈學院大廳。

圈夢》中所言，他如此巧妙、精準的描述了一本書的誕生，說到我心坎兒上了，於是借用此言。

首先由書構思談起，想寫亦師亦友戴先生愛蓮的人生傳奇已經很久了，我不想將她寫成「舞神」，雖然她在中國舞蹈事業上有無數的第一：第一任中華全國舞協主席、第一部舞劇《和平鴿》女主角、第一任國家舞蹈團團長、第一任北京舞蹈學校校長、第一任中央芭蕾舞團團長，是當仁不讓的「中國舞蹈之母」。但在我心目中，更爲重要的是她是位有赤子之心，極富悲憫和愛心之「人」，心無雜念、純粹的藝術家。她熱愛中國文化，熱愛民族，感情生活上她依心而行，大無畏地去愛，這種愛的情懷貫穿了她的一生。北宋學者周敦頤有篇議論散文〈愛蓮說〉，很多寫戴愛蓮的文章都取「予獨愛蓮之出淤泥而不染，濯清漣而不妖」，比喻她不受環境影響，高風亮節的品格。因此起書名《說愛蓮》，既吻合了大儒周敦頤營造的愛蓮的世界，也給了我一個較寬鬆的場景。書分爲上下兩闋，上闋：愛蓮的故事；下闋：戴先生愛蓮與我。

愛蓮不易說，她跨越的年代和地域久而廣，涉及到的人和事多而寬。爲了書不失眞切，我前後兩年爲《說愛蓮》行走萬里，叨擾了許多人，走訪了戴先生的出生地西印度群島千里達，飛去了她的成長地英倫，中國是她「認祖歸宗、落葉歸根」所在地，當然需要在中國查訪相關的人和事，在美國她也有不少親朋可以瞭解情況。

北京舞蹈學院圖書館和英國皇家舞蹈學校資料室，都給予了力所能及的無私協助。哥倫比亞大學東亞圖書館館長程健先生熱情地介紹我看圖書館收藏，翁萬戈先生拍攝的戴愛蓮舞蹈及葉淺予繪畫紀錄片，並使我得以和年事已高的翁萬戈先生再續前緣，由他口中瞭解，四十年代中期他們夫婦訪美演出和辦畫展情況，以及在美國製作紀錄片的前因後果。

我的北京舞蹈學校學長吳靜姝，在戴先生身邊多年如左膀右臂，自始至終對戴先生鞠躬盡瘁，相關的人和事大都心中有數。當時她體弱多病，不但解答我一個又一個的提問，還幫我聯繫一個又一個人。與戴愛蓮情同母女，畫家葉淺予女兒葉明明和丈夫金正平，也不遺餘力地支持我，每次在她北京家中長時間採訪，他們都竭盡所能地將所知傾囊相助。明明不但允我將她於二〇一一年寫的〈懷念母親戴愛蓮〉一文收在書中作附錄，而且簽了授權書，無償提供我書中所需使用的彌足珍貴的材料、照片和父親畫戴愛蓮舞蹈的畫作。

貼心朋友高友工教授，答應給書寫「序」完全是意外。衆所周知他非常低調，對中西表演藝術是內行，但向來不喜「管閒事」，尤其他年事已高精力大不如前，還要耐心看《說愛蓮》文稿，對我的鼓勵難以衡量。

收到主辦單位中央芭蕾舞團「紀念舞蹈家戴愛蓮百年誕辰」邀請，我專程自費赴北京參加活動。白天參觀在戴先生華僑公寓的故居，那裡布置了生平、作品介紹圖片展；晚上有大型表演紀念活動在天橋劇場舉行，上演了戴先生最著名作品《荷花舞》和《飛天》外，也展示了戴先生穿針引線引進的、當年她在英國學芭蕾舞的恩師安東尼・道林的名作：《女子四人舞》（Pas de Quatre）和《男子四人舞變奏》（Variations for four），一九八三年安東尼・道林到北京，親自給中央芭蕾舞團排演。戴先生是把普通民衆中自然傳衍的舞蹈加工爲舞台藝術品的先行者，畢生推廣、弘揚中國民間民族舞蹈「人人跳」，所以用「人人跳」作演出壓軸。

本以爲出版社會藉機宣傳《說愛蓮》，因爲參加紀念活動的大多數是舞蹈界人士，不料，出版社另有重大任務需要完成，只能先印十本《說愛蓮》樣書應景，以表示如期出版，當然無法開新書發布會或辦與讀者分享活動。手中這十本書首先我需要送給女兒葉明明，從千里達來參加盛會的「戴愛蓮基金會負責人」戴先生姪子 Adrian Isaac，主辦紀念活動的中央芭蕾舞團，年屆古稀的師輩彭松先生和王克芬女士，他們四十年代就在戴先生引領下入行舞蹈，他們接受我的採訪並給書提供了寶貴的資料，我生怕自己下次來不知道老前輩們還能健在嗎？吳靜姝當時病得失去了免疫力，沒有參加紀念活動，我專程送書去她家道謝、道別。回紐約的手提袋中僅剩下一本《說愛蓮》伴我同行，覺得手提袋沉甸甸的，經過逾兩年的辛勤「培植」的新書誕生了，但一路上一種失落感襲來。回紐約後沒多久，知道學長吳靜姝與世長辭，萬分感慨，取周敦頤〈愛蓮說〉文中形容蓮的「中通外直、不蔓不枝」來比喻和吳靜姝交往中，她給我留下的自重自愛的典雅印象和不媚世隨俗的行事風格。每次翻看《說愛蓮》時，不得不憶想起她的友情和有義！

幾個月之後，出版社終於大量付印，我收到了出版社寄來的贈書，趕緊給紐約的親朋好友送去，當時我已經開始動手籌劃寫《愛蓮》電影劇本，基於很多原因，電影一事一直一籌莫展。我對寫作的興趣濃厚，又有很多的事和人值得書寫記下來，就開始書寫其他。

二〇二一年九月十七日上午我在瑞典，非常突然地在電腦郵箱中收到簡體版《說愛蓮》責任編輯來信：

久疏問候，您一切都好吧？

社裡發行部通知，擬低價（二折至三折）銷售庫存圖書。銷售不完的，將化紙漿。《說愛蓮》二〇二〇年七月以來實際發貨數二百六十七冊，庫存還有二千三百一十一冊。這麼好的書，如化紙漿太可惜了。若您或朋友還有需要，可以買一點兒留著，不買也沒關係。

祝您安康！

一看此信我立馬胃痛不已，氣急敗壞的給我北京的好友曹敏打電話，先瞭解一下她們公司或家裡是否有地方可以存放？可不可以幫我先墊付款，派車去把書拉回來？曹敏是醫生知道年紀大了著急生氣會傷身體，所以勸慰我寬心。我因爲有書變紙漿的焦慮而失眠，坐立不安之下一連回了幾封信給編輯：

人民出版社簡體版《說愛蓮》一書封面。

你好！

非常謝謝你來信讓我知道訊息，我想自己可以買些送朋友，太可惜了！如果我自己買，存放在我朋友處，價錢怎麼算法？我再問問舞蹈界的人看看有沒有辦法，當紙漿處理會很心疼……我剛才跟我在北京的朋友商量了一下，她建議你們盡量推銷，剩餘的部分不要做紙漿，以同樣價格賣給我本人，她可以找地方幫我收藏，找人幫我搬。

請你幫我協調一下，變成紙漿太不可思議啦！

我是作者本人，這本書花了兩年的時間，只是心疼變為紙漿，退休搞舞蹈的收入有限，但依然希望給書存起來，慢慢我再想辦法。

所以是否可以一折我全買了？錢我朋友先墊付，運送部分我負責處理，總比賣紙漿好些吧。

拜託也麻煩你再說一下，感謝！

急得感到走頭無路時，跟戴先生女兒明明、金正平夫婦求救，他們萬般無奈，兩人退休後基本上跟社會不接觸，北京的老同學們基本情況也一樣，但想每個同學認購幾本幫我解圍，我解釋：「這不光是錢的問題，作爲作者花了九牛二虎之力，當然希望書有人看，到對的人手中，你們認購解決不了問題，何況我早就送過給你們了。」

中秋節我回到紐約跟媽媽團圓過節，因爲近三周沒有得到出版社的消息，一直在爲書要變紙漿的事糟心。十月十四日與舞蹈家殷梅相約在 SoHo 午餐，受疫情影響我們兩年沒見了，八十年代初，我任香港舞蹈團第一任藝術總監時殷梅報考，一直是香港舞團女首席。後來，她來紐約，先攻讀碩士學位，後在皇后大學舞蹈系拿到終生教職，並成立了自己的舞蹈團，在國際舞台上十分活躍。

剛和殷梅坐下，我就表示近來心情不好，彆扭、堵得慌，然後將書要變紙漿的憂心忡忡全盤托出，殷梅說：「江老師我馬上幫妳問江東，他目前是中國藝術研究院舞蹈研究所所長，寫了篇〈近距離感受殷梅〉，言談中知道江東對妳印象非常好。」

「啊——想起來了，爲寫《說愛蓮》，二〇一五年我對江東作過採訪。」

回家後即刻翻查《說愛蓮》，書中章節「樂」有記載：

> 江東對我說了二〇〇五年戴先生「支援」他學習的經過。因為他多年在中國駐外使館工作，可以和戴先生暢通無阻地用英語交談，在他的導師王克芬的引薦下和戴先生見了面。之後，他經常去探望這位晚年孤寡寂寞

江青與江東 2015 年 6 月。

的老人。老人喜歡和年輕人講話，她不停地要找可以做的事做，不停地想安排一些跟舞蹈相關的日程。當戴先生瞭解江東必須「打工」來交學費時，就馬上自告奮勇要江東辭去工作，專心一意完成舞蹈博士論文，對江東說：「你的學費我全包了！」「那可是三年啊，一筆不小的數目。」江東執意不肯接受這位古道熱腸藝術家的幫助。況且，戴先生日常生活極其儉省：她家沒有空調，覺得太浪費；沒有保姆，只肯請鐘點工；沙發壞了，不捨得扔……結果戴先生坐到江東身邊語重心長地說：「你知道嗎？給予是快樂的。我最初回到祖國，是因為有宋慶齡大姐的及時給予，後來又得到周恩來總理夫婦的幫助，我很幸運，一輩子有那麼多好人和朋友幫助我。可以說，沒有別人對我的給予，就沒有我的今天。你不是希望我快樂嗎？」

夫復何言！戴先生一生蹉跎，直到生命的最後一息，在她的血管裡流著的始終是助人為樂的熱血！

看到這裡，馬上給殷梅發了短信：

一想起《說愛蓮》的命運心裡不是滋味，江東跟戴先生的師生關係，倒是可以請他幫忙，請盡速聯絡江東！謝謝！

十月十七日看到江東讓殷梅轉給我的信：

江青老師的書共二千二百八十二冊已經全部推銷完了，放心吧！

僅三天的時間？我不敢相信這是眞的，以爲在做夢，於是趕快與我老同學，退休前在舞研所與江東同過事的周元確認。結果周元轉發了江東的口信：江青老師的那批書已經全部處理妥當了，出版社也都運到那些買家手裡了。

大家都很高興，學校會辦生活會、讀書會，主題是向戴先生這位中國舞蹈之母學習，結果和效果非常好。其實書根本不夠分，廣東就要了一千五百本（其中江門戴愛蓮出生地要了一千本），山東要了五百本，剩下的二百多本都給了湖南，光三個省就給消化掉了。後來其他地方知道了也想要，但書已經沒有了，要眞的撒開了發動的話，需求量肯定會更大，事情圓滿，在大家努力幫助下完成了一件好事。

慨歎一邊是好書在出版社的庫房裡積壓，一邊是需要的讀者壓根兒不知道，這是現在紙本書市場的常態？問題出在哪裡？回想起學長吳靜姝、貼心朋友高友工、翁萬戈先生、舞蹈界師輩元老彭松先生和王克芬女士這幾年中相繼作古，更加慶幸當年爭分奪秒寫下戴先生傳記的重要和及時。

因爲江東沒有習慣通過電腦看寫郵件，我們之間無法直接交流，只好請周元和殷梅轉我的信：

謝謝江東的努力與妳們的幫助，幫我解去了心頭一個結，讓書的命運還魂——起死回生，可以跟大家分享戴先生不凡的面對人生的態度，可以勉勵更多的年輕人！請向江東表達我的心聲！

《說愛蓮》「後記」中最後一段文字：

走筆至此，想到本書主人翁——戴先生是我最該感念的，雖然她離開了人世，但其可歌可泣不平凡的傳奇人生，卻在我記憶的長河中永存。願將《說愛蓮》獻給天上的戴先生，並與愛她的朋友們和同行共享！

尊為龍，龍為尊

七十年代初，在紐約搞表演藝術的東方人屈指可數，到紐約後不久，由於不同的因素認識了這一幫甘心苦熬、樂此不疲的群體。尊龍是其中之一，七十年代末期他想當舞台導演，排 David Henry Hwang（黃哲倫）編寫，只有兩位男演員的舞台劇《The dance and the railroad》，尊龍自導自主演外邀得「江青舞蹈團」的一位美籍華裔男演員 Tzi Ma（馬泰）合演。知道我舞團有工作室在 SoHo，希望在我不用時可以借給他們免費使用。我深知表演藝術工作者的艱辛貧困，所以不假思索的一口應允。

《The dance and the railroad》的劇情是講十九世紀後半期，一位從事中國舞台傳統戲曲的演員（尊龍演）飄洋渡海到美國尋「夢」，結果在西部賣身——當苦力修築鐵路，孤苦伶仃中在夜深人靜時以唱戲練功排憂解愁作爲精神支柱。這一舉動影響了他的工作夥伴（馬泰演），要求跟隨習藝，兩人相扶相持更加懂得了，苦難中必須牢牢地把握住精神財富。

劇長一個小時，尊龍一個人幾乎從頭至尾一直在台上，他的台風、節奏感、乾淨利索的動作、一絲不苟的敬業態度，都給我留下了深刻的印象。精雕細磨了近二個月才排出來，一九八一年春天在紐約下東城的 Henry street play house 實驗劇場演出。上演後，編劇、導演、演員都被內行和重要媒體表揚肯定，可以說尊龍是第一位將京劇融入西方舞台劇的中國人。

我親眼目睹了作品誕生的整個過程，科班出身才可能有的對舞台表演藝術的一顆純然、誠摯、專注的傾心，那段時間跟尊龍接觸得多，他待人也同樣誠摯、純然，我們成了可以促膝談心的朋友。那時我才知道他出生在香港，是棄嬰，父母是誰他不清楚，但相信自己可能是混血兒。小時候被有殘障的女人當孤兒領養，以此得到政府領養補助金為生，小時挨打受罵屬家常便飯；結果十歲被送去了粉菊花的春秋戲班習藝，又是一段吃盡苦頭的經歷。中國人向以龍為貴，所以乾脆起姓：尊、名：龍，尊為龍、龍為尊，希望出人頭地。果然，十七歲時他幸運地遇到貴人，得到赴美國求學的機會，起英文名 John Lone，在美國打工維生之餘一直在找機會到影視界發展，他有語言天才，英語之外上海話、廣東話、普通話都流利且標準，吃苦耐勞爭取到一些小角色。

一九八二年，我舞團在紐約有年度演出，我創作了男女雙人舞《雪梅》，請尊龍客串參加，我扮演梅，他扮演雪，可以施展他得心應手的傳統戲劇表演特長。此外，壓軸舞蹈《四季》中請他扮演無論春夏秋冬永遠不停在向前行的「人」。他有驚人的領悟力，排練及其投入，給舞團其他團員立了個好榜樣。他平時待人接物謙卑又溫柔，他的俊美、風度翩翩和表演才華，吸引了舞團男男女女，不約而同地爲他傾心。這段愉快的合作讓我們結下「緣」。

我以爲尊龍表演得最突出的電影是一九八四年首次主演的《Iceman》，電影裡飾演沒有對白的原始人，扮相特異且醜陋，但演技十分精湛。可惜票房平平，沒有被太多人關注。

之後，因爲尊龍出演《龍年》，獲著名義大利導演 Bernardo Bertolucci（貝托魯奇）賞識，邀他演出《末代皇帝》，尊龍完美而有層次的詮釋了從天子到平民的晚清末代皇帝溥儀傳奇坎坷的一生。一九八七年，《末代皇帝》橫掃奧斯卡，奪下最佳影片、導演等九項大獎，尊龍更因此片入圍美國金球獎劇情組最佳男主角，成爲唯一獲得金球獎兩次提名的華裔演員，這部電影亦奠定了尊龍在國際影壇上的重要地位。雖然成了國際巨星，但他依然

尊龍（前）和馬泰在舞臺劇中。

故我樸實的生活。正如他自己經常講：「我沒家，沒父母，沒名字，沒讀書，沒童年，人與人之間的關係我不懂，只能老老實實做人，盡量對人好。」經濟條件好了之後，他的律師建議他由布魯克林搬到曼哈頓住，日後買的房產也可以當投資養老。結果他在曼哈頓面對中央公園的最佳地段買了一套公寓，那裡離林肯表演中心很近，附近有個掛著一條金色巨龍作全店裝潢的中國餐館「勝利」，他喜歡去，我開玩笑：「倒像是自家餐廳，尊爲龍、龍爲尊」，他面露得意的笑了笑。我是林肯中心的常客，也成了他家和「勝利」的常客。

一九九二年，電影《霸王別姬》（Farewell My Concubine）開始籌拍，由徐楓監製、陳凱歌執導，內容是描述伶人程蝶衣對國粹藝術的執著，進而投影出歷史與文化在大時代的演變下，造成的激盪與人生悲歡。電影劇本是根據香港作家李碧華的同名小說改編。尊龍受邀扮演程蝶衣後興奮不已，推掉很多片約，他認爲程蝶衣這個角色簡直就是爲他而寫。中文他是文盲，要我給他讀劇本，唸原著，請我的貼心朋友高友工教授給他分析角色和劇情，甚至已經躍躍欲試開始復功了。但就在摩拳擦掌的節骨眼上，尊龍覺察事情不妙，知道我跟監製及導演相識，希望我能去幫他摸底、解圍。

我專程見了陳凱歌，他開誠佈公當面告訴我：「從導演的角度當然希望要用尊龍，國際知名度和影壇地位其他中國演員無法企及，而且我對尊龍的演技有信心，更加上他是傳統戲劇科班出身，哪裡去找更合適的演員演程蝶衣？但作爲監製她有她的想法，總而言之在預算上能夠省一點就省一點，這一點我無法去改變她。相信我，我爭取過，但十分無奈，全都是拿芝麻綠豆的小事在說事搪塞，片酬上他跟另一個演員比，相差太懸殊了。」當時陳凱歌並沒有告訴我監製屬意張國榮演程蝶衣，但要我替他傳話：「請妳轉告尊龍，我本人十分抱歉和遺憾事與願違，但監製出錢，出錢人有話語權，導演無能爲力。」尊龍無疑十二萬分失望，眼睜睜的看一個非己莫屬的角色雞飛蛋打，更令他氣憤而感到委屈冤枉的是報紙上蜚短流長的消息不斷，似乎尊龍是個難纏的「大明星」，「耍大牌」劇組惹不起……

所幸的是黃哲倫寫的 M. Butterfly（蝴蝶君）舞台劇取得了成功，一九九三年改編成電影。劇情中的事件發生在一九六四年，某天，法國外交官看歌劇《蝴蝶夫人》，愛上了在舞台上扮演蝴蝶夫人的中國演員宋麗玲，而宋麗玲卻是一名男扮女裝的間諜……故事相當曲折離奇，由尊龍扮演宋麗玲，他在電影中亦男亦女、台上台下俊美無雙。但由於角色和劇情都不可思議的離譜，所以演的再好也不能改變我質疑故事的可信度。《蝴蝶君》從導演、編劇、到演員都是頂尖卡司，宣傳作的很大，遺憾的是最後票房、口碑、影評都欠理想。

對於失之交臂的電影《霸王別姬》尊龍絕口不提，《末代皇帝》和《蝴蝶君》兩部好萊塢大片給他進軍國際影壇作好了鋪墊，一時之間他風光無限。記得九十年代中期，他在香港要去中國銀行的頂樓「中國會」參加一個慶功宴，邀我作他的嘉賓和舞伴，

江青和尊龍在舞蹈《雪梅》中。

那天我要在香港舞團彩排新節目，告訴他很晚才會收工。他說沒關係我等妳就是，其實我根本沒有搞清楚是什麼性質的場合，收工後匆匆趕去，結果尊龍看到我進來，馬上給我領到主桌，介紹完後，要我在他身邊坐下：「這是給妳留的，快吃，一定餓了！」梅艷芳在一旁起鬨：「這麼久他都不讓別人坐這個位置，說是要等他最重要的朋友，原來是妳啊！」在場的其他人鬨堂大笑。

我離開演藝圈久已，對其他在座的人不熟，但記得張國榮畢恭畢敬要求跟尊龍合影，《霸王別姬》影片獲得巨大成功，在海內外都風靡一時，張國榮也有口皆碑的扮演了程蝶衣一角。拍照時，兩位巨星勾肩搭背笑得燦爛！我知道背後的故事，留意觀察，剎那間我覺察到了掛在尊龍眼梢、嘴角的一股說不出來的勁頭。

尊龍科班出身，當然對舞台念念不忘，也老惦著演跨度大的角色，可以發揮他的演技和功底。他的窩在紐約，我生活工作的大本營在同一個城市，平時生活中尊龍是一個孤僻的人，來往的朋友極有限。一天，他一本正經的跟我講：「妳對我最瞭解，舞台上我擅長什麼，能夠做到什麼，妳都一清二楚，不如妳給我寫個劇本吧，可男可女可老可少可舞可唱，怎麼樣？把我的十八般武藝統統亮出來過過癮。」「這個我得好好想想。」「妳寫劇本，我們合導，我演一號，最近紐約莎士比亞劇院負責人在試圖說服我，給他們搞部有創意的舞台劇。」我一聽是莎士比亞劇院邀約，那可是我最中意的機構，馬上興趣來了。

經過三番四次的修改，約半年後我完成了專門爲尊龍量身打造的一齣歌舞戲劇《迴轉》（Turn Around）初稿。劇二幕七場加尾聲。

第一幕陽間（他扮演男人）；第二幕陰間（他扮演女亡魂）。

尊龍是位自愛自重但內心又十分自卑脆弱，複雜又神秘、任性又孤傲，不易琢磨的千面人，既然給他寫，我想在劇本一開場就要勾畫出他本人的性格特徵。

男出場的第一段獨白我寫：

男：（似自語又似對觀衆）無光、無象、無音、無色的混沌給了我，一個我、四個我、七個我、十個我。我，嗯——又不是我，是他（指腳邊的一堆骷髗），是你（指觀衆，然後連忙搖手）不，不是你。（在地上撿起一骷髏，放在臉前。）不是他。（移開骷髏）是我，混沌給了我！

有了初稿，下面討論起來就有跡可循，尊龍告訴我莎士比亞劇院興趣濃厚，希望納入下年度計劃中。事情有了眉目，我工作得更是廢寢忘食了。

尊龍發現他拍戲之間有幾週空檔，建議我們可以一起工作，將劇本定稿並討論出導演方案。離開瑞典首都斯德哥爾摩不到二小時路程的猞猁島，永遠是我創作的最佳環境，於是邀請尊龍去那裡，在不受任何干擾的地方工作。我們一家在機場接了尊龍直奔猞猁島，到了大自然中他歡天喜地，主屋簡單樸素，但平日生活的設施一應俱全。他和比雷爾也認識有段時日了，比雷爾對人永遠一視同仁，所以尊龍特別放鬆，可以完全做自己。

我們完全卽興工作，在樹林中散步可談，躺在海邊大石上曬太陽可講，在海上、壁爐旁、客廳裡、飯桌前兩人都思如泉湧，時不時還可以比手劃腳一番，藝術創作上碰撞產生的火花，使效率和成績都超過預期。

仍然記憶猶新的是那年瑞典缺雨水，我們家雖然打了五口井，但乾旱來時用水必須小心謹慎。尊龍哪會清楚缺水是什麼意思？每天早上起來先在浴室淋浴，淋浴時又歌又唱，民歌、京戲、越劇、時代曲、小調，輪番自得其樂地唱。比雷爾聽得心急如焚，喊話裡面聽不見，忍不住去敲浴室門：「John 已經四十五分鐘了，你再洗下去，我們家的水泵要停啦！」尊龍忙關水龍頭，裹著毛巾衝出來，驚慌失措的有如小孩犯了錯，站在那裡一臉的尷尬和歉疚。幾天後，回家的途中，我們習慣在鄉間的大棚中買花和新鮮果蔬帶回城，尊龍買了大棚中最大最美的一籃花送給我們。

劇本在島上邊討論邊改，順利定稿了，尊龍也同意下一步該找人翻譯成英文好給劇院看。我在瑞典物色了一對夫婦翻譯，他們對於劇場格式和術語不熟悉，但有我在，很順利的完成了英譯。

英譯完成後我回到紐約，尊龍突如其來的在電話中興奮地嚷嚷：「啊——我終於找到了，遇到了，得到了——愛！愛眞好……」整通電話全是愛，一連串。這麼多年以來可是我第一次聽他說「愛」字，印象中，他的一生從沒有愛過，也沒有得到過愛。而我怕提醒、觸痛他的傷痛，平時在他面前也絕口不提愛。他這滿嘴的愛、滿心的愛、滿腦子的愛，反倒是嚇了我一大跳，當然爲他高興爲他慶幸。

以後那段時間，尊龍和Y常到我 SoHo 家來玩，他們像兩個純眞的孩子打打鬧鬧，又像新婚燕爾的小倆口子，心心相印、滿眼是情，分分秒秒愉悅地蕩漾在春風裡！

當時尊龍全世界飛，我要他負責跟劇院約定時間談《迴轉》，結果幾週之後他人才會在紐約，他跟劇院約定了日子，說好幾週之後我們一起赴約。

不料，約會的前一天，尊龍突然給我打電話，說自己不在美國要我獨自赴約。我清楚的知道，劇院看重的是尊龍的知名度和號召力，才會特別主動，我一個人去很有可能碰軟釘子，弄不好這個項目會無疾而終。我告訴尊龍我的顧慮時，他完全聽不下去，幾乎不耐煩的說：「反正我什麼都顧不了！」我生氣的回他：「那你就負責取消

尊龍生活照。

約會，總可以吧！」

約會他有沒有取消？我不知道，我知道的是自此我再也沒有聽到過他的聲音，見到過他本人。

沒多久，倒是Y打電話跟我約會，要到家來看我。一見面他告訴我：「非常抱歉妳和 John 之間所發生的事，希望事過境遷後，還是可以圓滿的完成這個項目。」停了許久，Y終於說出來看我的原因，激動地：「John 愛的太瘋狂、愛得太深，讓我害怕、讓我不能呼吸，我必須離開這段感情。」稍停後，平靜下來：「我很珍惜這段感情，但不可能再繼續下去，他完全失去了理智。」我恍然大悟：「哦——這樣說，他不能赴劇院約，是跟你們之間發生的事相關？」Y歉意的點了頭：「我知道你是他最信賴的朋友，才來跟你談，要你幫幫我也幫幫他。請你告訴 John，我有責任要家，要傳宗接代、要工作，要正常人的生活……」越講越急幾乎想哭，矯正自己後：「為了跟這段感情作了斷，我會儘快搬離紐約去香港，我要結婚了。」「啊——?!」

之後我越想越不放心，擔心出意外也心疼尊龍，打電話去電話號碼換了，跑去他家人搬走了，去「勝利」餐館說他久違了。尊為龍、龍為尊，他的自尊心、他的職業操守、他的歉疚感、他的孤傲和任性都不允許他作任何解釋。我想他根本就不知道該如何處置和面對，而選擇了逃離，誠如他自己所說：人與人之間的關係我不懂。其實我找尊龍唯一希望能夠跟他講的是：現在我敢確定你愛過，也被愛過，這是你一直想要的，不是嗎？有愛就有痛苦！至今我不清楚，究竟尊龍知不知道Y跟我曾經的談話？

尊龍消失了，專為他寫的《迴轉》只能轉迴——無疾而終。

屈指一算尊龍在我視野中消聲匿跡有二十餘年了，這些年來一直在納悶，他是名人又是大明星，公衆人物在網絡年代不容易隱藏，怎麼可能無影無蹤了呢？惦念他時曾經打聽過他的蹤跡，也都渺無音信。前個時期幾乎想寫《尊龍你在哪兒？》一篇尋人啟事又祝福他安好的文章，但思緒萬千很難提筆。

不料，最近在報章上看到他在洛杉磯參加友人宴會的照片和一篇報導，其中一段：

十多年前，尊龍曾在加拿大的原始森林裡認養了兩棵千年古樹，並把他們稱作祖父祖母。

起初旁人不懂他為何如此，尊龍就說只有在古樹面前，身為孤兒的他，才是有根有寄託。

看後感觸良多：尊龍選擇了偏離航道，過屬於自己的隱居生活，並能主宰自己的命運，是充滿勇氣而獨立特行的選擇。希望他活得快活，像一片雲、一陣風，雲來風去自在自為，永遠保留那顆誠摯、純然的心！

試給他寫一首詩：

愛

可以愛樹，可以愛人
可以是紅雪，可以是白血
相信赤誠和純白

聚有時，散有時
都一樣
雪梅，梅雪
迴轉，轉迴
都一樣
龍為尊，尊為龍
永遠都一樣！

二〇二一年十二月二日於瑞典

藝術無疆——與艾未未合作《圖蘭朵》

> 《圖蘭朵》停擺一年，明年再排時，誰會知道這個世界又變成怎樣？計劃敵不過變化，相信未未絕不會感到「圓滿」，他會為有更新的創意而隨時隨刻「變卦」。這就是真正藝術家的難能可貴之處！

這是我在二〇二〇年三月九日寫《叫停?!》——艾未未首導羅馬歌劇院《圖蘭朵》文章的結尾。

實際上因爲疫情《圖蘭朵》停擺了整兩年，再復排是二〇二二年二月二十二日，首演定於三月二十二日。復排的通知是二〇二一年下半年接到的，我將信將疑排演的可能，因爲疫情仍然如洪水猛獸在全世界肆虐。向劇院提出質疑時也提出：演員如果不是原班人馬，排練日期應當提前。回復是：經徵集信息，演員那塊變動不大，排練日期不提前。我將焦慮跟未未談了，他很淡定的叫我對疫情的問題不要瞎操心，該幹啥就幹啥！

二〇二一年十一月十日，未未在紐約布魯克林音樂廳（BAM）開新書《千年悲歡》（1000 years of Joy and Sorrows）世界首發會，前後在紐約只停留一天，他約我在首發會之前一起進晚餐，匆忙中我們交換了一下關於復排《圖蘭朶》時須要「變卦」的結尾部分，倒是意見一致。

追溯到兩年前，新冠肺炎在武漢開始封城，未未密切的、無時不刻的在瞭解災情和老百姓的生活狀況，並找人在武漢拍攝作紀錄。結果疫情在全世界迅速蔓延開，未未感到這次天災人禍是世界性的，應當及時在舞台上反映並清楚的用藝術手法表現出來。於是艾未未工作室開始訂制上百套防護服，買了各類屍袋作研究……決定用新型冠狀病毒的災難作歌劇《圖蘭朶》結尾。距離首演十天前，我們作好了案頭工作，正安排妥了醫生、護士、針筒、病床、劊子手的出場，舞蹈演員也有序的試驗，如何在舞台上用最短最簡潔的方法穿好防護服時，羅馬歌劇院行政總監駕到「叫停」！

兩年後的今天，新型冠狀病毒的災難仍然在繼續，況且反覆無常的變種，世界上死亡人數逾數百萬，再用此作爲劇的結尾顯然已經失去了時間性和現實意義。我們認爲結尾必須變，但都不清楚該如何「變」？只能夠日後隨時聯繫作交流。

二〇二二年初，經常收到未未寄給我各式各樣「奔跑」的視頻，在跑步機上、海灘上、浴室中……起因是網站「維基解密」（WikiLeaks）創辦人朱利安・阿桑奇（Julian

艾未未、江青在羅馬歌劇院前（亞男攝影）。

記者招待會後，艾未未、江青在演出海報前（亞男攝影）。

Assange）於二〇一〇年，公布大量美國軍事與外交的機密，引爆美國歷史上最大規模的洩密事件。二〇一九年，在英國倫敦的厄瓜多爾大使館取消對阿桑奇的政治庇護，他遭逮捕，美國司法部也正式起訴阿桑奇，並向英國提出引渡要求，若他被判洩密罪，最高可判監禁一百七十五年。阿桑奇將他在使館中的健身跑步機贈送給艾未未，他相信艾未未是一個倡導維護新聞自由的堅定者和積極行動者。

此後，艾未未發起了一系列的呼籲行動，「奔跑」只是其中的一項行爲藝術，艾未未永遠不乏追隨者，在他身體力行帶動下，關注並呼籲釋放阿桑奇，維護新聞言論自由的呼聲日益提高。我忽然意識到也許「跑」可以作爲《圖蘭朵》的結尾？在舞台上原地跑、慢跑、各種形式的跑，可以讓觀衆作不同的聯想和詮釋，會是個開放的、沒有具體結論、不設目標、無終點的全劇結尾。電話中跟未未闡明了想法後，他居然說：「嗯——妳眞聰明！」

明確了結尾的設想後，我希望能盡早看到他新製作的舞台視頻，他在電話中說：「新的還沒有完成，但以前做的統統不用了，重新來……」

「啊——什麼?!兩年以前做的也是經過深思熟慮的醞釀才定下的方案，好的部分可以保留，有些可以改進……」我有點氣急敗壞。

「咿——難道這兩年之間妳沒有一點進步？」未未一張利嘴，總是讓我覺得嘴「笨」。

陸陸續續收到了未未寄來的幾段視頻，但表明這不是終結版，還會繼續調整，只是先供我參考。

自從兩年前叫停，拖著疲憊的身心由羅馬回到了斯德哥爾摩的家，我一天舞都沒有練過。因爲兒子漢寧在斯德哥爾摩醫院急診室一線工作，我每天在焦慮中度日如年，想到疫情這條看不到盡頭多災多難的路，只能冷靜下來面對困境向前走。首先要給兒子全家「加油」，絞盡腦汁做些可口又營養的食物支援三口之家。爲了克服自己的遑遑不可終日，決定坐定下來、靜下心、埋下頭寫作。這一寫一發不可收拾，埋頭苦幹中居然在兩年之中出版了三本書。

面對即將到來的排練，我一直抱不確定的態度，直拖到今年一月尾春節時，發現羅馬歌劇院已經開始賣票，且一票難求，才確定會如期上演。事到臨頭發現自己腰粗了、腿硬了……必須臨時抱佛腳練舞，才能自如地應對轉眼到來的《圖蘭朵》排演。一大把年紀復功練舞，練得腰痠背疼苦不堪言之外，也花很多精力仔細從自己兩年前的排練筆記本和樂譜中，零零星星撿回排過的片段；未未和攝像助手馬研在排練時拍了不少視頻，也傳給了我。從此一頭扎了進去，每晚忍受著因爲音樂老在耳邊徘徊，而導致失眠的痛苦。各種壓力之下，只能抱著「船到橋頭自然直」的心理，開排之前，我和未未約定提前兩天去羅馬，先溝通再開排。

其實未未的案頭工作做的非常精密，他的工作室隨行人員視頻剪接師崔星和攝像

首演前，江青在包廂中等待（亞男攝影）。

師馬研，已經將三個視頻放在同一個畫面上，一是從兩年前各種排練視頻中拼湊剪接起來的錄像；二是準備從頭至尾在舞台上投影的視頻；三是紐約大都會一九八七年演出錄像，是取錄像的音頻。我剛剛拿出筆記本在屏幕前坐下，未未就說：「我昨天晚上已經看了一次，對照著看一清二楚，其實我們兩年前舞台上做的已經很完整了，除了結尾要改動，其他部分只需要改進，盡量做的更完美而已。我們一起再仔細看一次，可以邊討論邊看。」

我如釋重負，一個多月以來擔憂「以前做的統統不用了」的焦慮全瓦解了。

兩年前未未設計的舞台投影視頻約四十分鐘，而目前最終增加到一小時五十二分，也就是投影視頻從音樂第一

江青在舞台上跟男舞者講動作（亞男攝影）。

拍開始，直到最後一拍結束都會出現，根據音樂、劇情和情緒分爲六十五段，貫穿全劇。視頻內容主要圍繞、集中在三個主題：流離失所烽火中的難民：在路上、沙漠中、鐵絲網後、海上飄游……；新冠疫情防控：醫務室人員、急救車、世界各著名景點空空蕩蕩、無人的地鐵……；反送中香港抗爭運動：雨傘、警棍、拘捕、鎮壓、催淚彈、縱火……；另外也有渲染場景和氣氛的特效視頻。

多年以來，未未拍攝大量紀錄片，以及他創作的各類型作品，積累了大量豐富而多元的素材，《圖蘭朵》視頻用的不光是

江青與兆欣在舞台上（亞男攝影）。

實景紀錄片，而是經過藝術處理、加工、剪裁，運用了大量未未的符號和藝術語言如・攝像機、十二生肖、子彈、鐵鏈、動畫……巧妙的結合組成。未未表示：我必須把我的觀點表達的非常清楚和更加強烈，而且是用最新的獨一無二的語言，從視覺上顛覆傳統歌劇舞台。

二月二十二日開排第一天，很突然的是接到通告，要招考舞蹈和特約演員，而不是排練。我生平最怕主持招考，因爲淘汰演員於心不忍，尤其疫情之後，人人急於找工作謀生。結果，只需要招考八人，一下子卻來了一百五十多人，先驗健康證明，再驗核酸，合格了才能進考場，共分五批進行，硬著頭皮一天下來，搞得我精疲力竭。

二月二十四排練時，驚悉俄羅斯入侵烏克蘭，心驚膽顫之餘，我和未未不約而同地感嘆：這版《圖蘭朵》究竟是什麼「命」？兩年前因爲新冠疫情災難臨演之前停擺，現在剛剛開始啟動，又遇上了硝煙戰亂，然而新冠疫情仍然在肆無忌憚的橫行霸道。排練之餘所有的時間和注意力都在這場民不聊生殘酷的戰爭上。

女指揮 Oksana Lyniv 來自烏克蘭，她在第一時間提出來要看視頻，藉以瞭解導演艾未未的創作構思和意圖，幫助她對音樂的詮釋，雖然她以前指揮過《圖蘭朵》，但她意識到這是一部截然不同的歌劇。A 組唱《圖蘭朵》的演員 Oksana Dyka 來自烏克蘭，第一次排練二幕唱「In questa Reggia」時，她突然哽咽記不住歌詞，然後熱淚盈眶，在現場的每個人心知肚明原因，無人言語，靜默的等待片刻後，Ms Dyka 說：「對不起，我家人都在基輔。」她強穩住情緒又繼續唱下去，倒是我不能自己地眼眶濕了。

劇組中飾演滿大人的演員和合唱團的好幾位都來自烏克蘭，排練中的每個空隙，包括指揮，大家都在查看戰況。而核酸檢查每兩天一次，在劇場大廳中進行，舞蹈和歌唱演員三天兩頭中「標」，要重新安排演員、調度，頭疼傷神不已。加上舞蹈演員按照規定非要帶口罩排練，尤其是中國傳統戲曲演員兆欣參與《圖蘭朵》，在歌劇中扮演多個角色：一幕中扮演波斯王子，二幕中是圖蘭朵公主內心活動的寫照，三幕中是色加財誘惑的化身，以及亡者的魂魄。兆欣十分敬業，戴口罩排練常常上氣不接下氣，

《圖蘭朵》第三幕，底募上有視頻（亞男攝影）。

臉都憋紅了，也讓我於心不忍而又愛莫能助。

《圖蘭朵》作曲普契尼（Giacomo Puccini）沒有完成整個歌劇，寫到柳兒爲愛而付出生命，就離開了人世，後面二十多分鐘的音樂：公主圖蘭朵和王子卡拉夫締結良緣而皆大歡喜的圓滿結局，是假以他人之手完成。未未一開始就決定只用普契尼寫的部分，而砍掉最後的音樂。他把歌劇的核心放在柳兒「愛」的情操上，強調純愛的美、眞愛的偉大、大愛無疆……而柳兒、卡拉夫和父親鐵木兒恰恰都是他近年來關注的難民身分。

創作團隊從音樂、燈光、視頻、服飾……日以繼夜不斷地努力、修改、調整每個細節，最終的《圖蘭朵》是要把未未的世界觀、價值觀，以及在世界各個角落

2023 年 3 月 22 日《圖蘭朵》在羅馬歌劇院首演謝幕（亞男攝影）。

「金歐」早餐桌，（左起）崔星、未未、江青、嚴歌苓、Larry、馬研（亞男攝影）。

發生的事件和社會動亂現象，目前仍然在燃燒著的疫情和戰火，全都淋漓盡致的渲染抒發出來，叩問人類生存的核心問題。未未版本的《圖蘭朵》對歌劇進行了結構性變化，顛覆傳統歌劇形式，打破了歌劇的條條框框，無疆界的舞台藝術掙脫了所有的枷鎖出神入化，使現場的觀眾被感染、打動、震撼人心之餘發人聯想、深思……

特別要提的是首演謝幕時，指揮 Oksana Lyniv 腰上纏綁了烏克蘭國旗上台，一抹藍黃令我揪心又振奮，台下的觀眾也都注意到了這個重要的細節。

首演結束後的第二天清晨，我特意走去「金歐餐廳」，參加未未工作室固定的早餐聚會，那裡有豆腐花、炸油條、大包子、稀飯、餛飩……完全是未未老家浙江原汁原味的早點，也是未未工作室每天工作日程安排的會議桌和接待室。我參加是想跟大家道別，畢竟這次一起連續工作了五週，更何況加上兩年前一段並肩而行的日子。未未嘆了口氣對我說：「突然感到很失落，一下子鬆下來，累得不行……」「表演藝術就是這樣『燈滅人散』，更貼切的講就是『曲終人不見』，我有經驗，早就作好了心理準備。」說時不免也有點感傷。

寫到這裡不禁依稀想起二〇一九年秋初，接到未未電話，約我談參與《圖蘭朵》編舞的可能性，我們在美國聖．路易斯（ST LOUIS）見面時未未一臉的興奮：「記得一九八七年妳邀我和弟弟丹丹在紐約大都會《圖蘭朵》中演特約嗎？這是我第一次接觸歌劇，以前以後都沒有啦！直到目前羅馬歌劇院找我導《圖蘭朵》，才會馬上想到妳，這本身不就是件有意義，很奇妙的事嗎？……」

眞的，人生很奇妙！三十五年後再合作，未未第一次導演歌劇《圖蘭朵》，證明了「藝術無疆」。他走了一個大圈，畫了一個圓，一個滿圓、圓滿！

二〇二二年四月四日於紐約

憶文藝——張北海

又一位至親好友失散、散失了，今年八月十七日張文藝在紐約突然離去，幾小時後由夏陽傳來瑞典的微信中獲悉，一時之間欲哭無淚，人生聚散無常，別離是人生中最令人神傷的無奈！

二〇二二年九月二日，張文藝葬禮在紐約中國城五福殯儀館舉行，無法趕回，葬禮上我們全家由母親江巫惠淑率江青、江秀、江山、江川獻上花圈，悼念這位摯友，想來眼前我唯一可以做的是寫此文，聊作對老友的緬懷與哀思。

一九七〇年八月下旬，我別井離鄉飛往了一個完全陌生的天地——美國洛杉磯，剛結束了痛苦的婚姻，感到自己唯一的出路是斬斷一切往時，往前看、往遠飛、越遠越好。

以前素未謀面的張文藝、周鴻玲夫婦受友人電影導演陳耀祈之託，熱心相助，接

張文藝筆名張北海。

機後送往我友人單氏姐妹家，沒多久他們夫婦在聖莫尼卡（Santa Monica）替我覓得一簡陋住處，是汽車間房頂上加蓋上去的一間陽光永遠射不進的房。我從A、B、C開始學英文，其它一切由零開始。他們幫我報名上英文課，申請裝電話、接煤氣水電、辦銀行開戶手續、學習開車。至今記得文藝教我開車時嚷嚷：「教你開車，怎麼你性子比我還急!?」爲了設法把家裡資助的錢用到最長的時間，我不捨得添置電視機解悶，也爲了省車費不捨得出門。

燈下趕不走自己的身影，關了燈我又怕黑，一生中我沒有一個人住一整間屋子的經驗，尤其是那段時間晚上經常做噩夢，只能徹夜開燈，半夜裡要是在燈下醒來，「影子」就更大也更陰森了。越坐越覺得渾身上下發冷發麻，於是就跑到離我住處有十條街的張家「避寒」。記得有幾次午夜驚魂（做噩夢），也在半夜打電話求救。自覺打擾他們已經到了不可饒恕的地步，但他們總是伸出溫暖的援手。雖然是自己的選擇到沒有人認識我的環境，一切重新開始，但僅僅在一瞬間，我從雲端滑入到谷底……那年我二十四歲，感念當年他們夫婦雪中送炭並開導我認清殘酷無情的現實。記得在美國過的第一個春節，我和他們全家吃了年夜飯後去聖莫尼卡海邊散步，星空、巨浪、海風，忽然思念萬里之外兒子的思緒襲來，我一下子招架不住，癱倒在沙灘上哭得上氣不接下氣，他們一聲不吭，靜靜的陪我……

我們有共同的一些話題和朋友，首先當然是張文藝二哥的女兒小妹兒（張艾嘉）。小妹兒父親是空軍，在她一歲時不幸遇難，小妹兒在奶奶家長大，文藝跟二哥最要好，所以疼愛姪女，兩人十分親近。艾嘉和我在電影界同行外，我們年少時也同時跟兩兄弟談過戀愛，文藝笑說你們差點做妯娌；陳耀祈在南加州大學唸電影系時，跟同校唸比較文學碩士酷愛電影的文藝是摯友，畢業後到台灣電影界發展，經余大綱教授介紹我們相識；待人接物周到又熱心的盧燕跟我及文藝是舊識，在洛杉磯偶爾會聚一下，記得好幾次她帶我們兩個一起去作家亨利．米勒（Henry Miller）家玩，亨利是個老頑童，邀請我們陪他打乒乓球，嘻嘻哈哈沒有一點架子，文藝喜歡他的黃腔；文藝和盧老太太都一口京片子，喜談京城裡的梨園往事和掌故，兩人張口閉口永遠稱北平，我在北京舞蹈學校住校六年，對京城人的衣食住行還熟悉，所以跟文藝談故都時有不少談資。

我在洛杉磯住了不到兩年，周末他們喜歡帶兒子 Chris 遠足，怕我孤單常邀我同往，附近有不少酒莊，我們會自帶滷菜、茶葉蛋作午飯，去品免費葡萄酒，有時去海邊買活螃蟹加工，以前完全不會喝酒的人，慢慢的也喝出了味道，當時需要借酒澆愁抑或本性貪杯？多年下來現在已經養成了喝葡萄酒的習慣。朋友誇我酒量不錯時，我總是說：「教我喝酒的師父是張文藝，能不好嗎!?」

一九七二年春季我開始了加州柏克萊大學的教舞工作，工作之餘，幾乎所有的時間全被「保衛釣魚台運動」佔據。七十年代開始，以台灣留美學人為主的「保釣」轟轟烈烈席捲而來。在美各大院校的「保釣」人馬，大串連似的，投奔大本營——柏克萊。我自然而然地被如火如荼的狂熱感染而卷入其中，大家屢次要求我為「保釣」做籌款演出，我樂此不疲。當時在柏克萊讀博的同事劉大任、郭松棻、都是學比較文學跟文藝是摯友，大家藉「保釣」經常聚會，文藝愛酒、愛朋友、愛支持抗爭、愛高談爭論，所以頻頻出現在大本營中。知道他本來就對拿博士學位的事無所謂，看到「戰友」們廢寢忘食投入「保釣」，而寧願放棄博士學位，他也自然而然束書輟學「隨大溜」。後來文藝寫了個劇本《海外夢覺》就是以釣運為背景。

一九七一年十月中華人民共和國正式正名入聯合國，第二年因保釣被台灣當局貼了「左派」標籤的留學生上了黑名單，大多數報考入聯合國語文司中文處任翻譯，都搬遷到了紐約居住，文藝全家住在皇后區 Jackson Hights。中國政府對加盟聯合國的「新血」表示歡迎，一九七四年邀請大家到中國遊覽參觀，瞭解中國的新面貌。但這批知識份子，旅行前後判若兩人，開始時意興風發歡欣鼓舞，接觸到眞相後變爲失望和沮喪……幻想破滅後，文藝一邊在聯合國任職，一邊爲報刊寫文章，以緩衝一下公文翻譯工作的枯燥乏味，文章主要登載在李怡主辦的香港雜誌《七十年代》上。其中他翻譯的劇作家阿瑟・米勒（Arthur Miller）四萬字的長文〈在中國〉最爲人曉。一九八三年開始，文藝還在《七十年代》開了定期專欄「美國郵簡」，文章包括時聞、歷史、文化、評論和思潮。

文藝（韓湘寧攝）。

文藝在北平上美國幼兒園，在台北上美國學校，六十年代中期在美國加州唸大學，七十年代又在紐約工作，文藝尤其喜歡紐約大都會的包容和多元，退休後爲了興趣，也爲了更有廣度深度的寫紐約，在紐約大學花了好幾年選修了六、七門課，教授都是研究紐約的專家，教學內容五花八門：歷史、都市發展、文化現象、工程建築……每個星期兩晚課，每門課三個月。因爲他英文底子好，跟不同年齡、背景、膚色、文化、政見的人，都能聊在一起，所以他筆下的紐約，貼切瞭解美國社會和文化，與任何人寫的角度都不一樣，娓娓道來細微末節又妙趣橫生，紐約歷史掌故信手拈來。讀者喜聞樂見他廣闊的新視野，專欄一寫就寫了十五年。

他感到聯合國工作是「鐵飯碗」，工作時間也有彈性，只是官僚機構有太多的規範，總而言之想換個自由環境。一九七五年張文藝遂申請遠走非洲，替肯亞的聯合國環境規劃署工作三年，我跟文藝笑說這是去赤道自我流放，要脫胎換骨。去了肯亞後，文藝還學了攝影，偶有照片寄來，看他們全家逍遙自在，生活條件相當優越，旅行背景全是大自然風光，一反大都市生活作風，很爲他們高興。至今我還保留著他們從非洲寄給我的紅酒色的蠟染長袍，非常別緻與衆不同。

一九七八年某日，大白天我正在 SoHo 舞團排練，突然接到文藝打來的電話，說他們全家三口回紐約了，現在飛機場，但暫無地方可落腳，問是否可以先在舞團排練廳後面的小公寓安頓下來，然後騎馬找馬？我不假思索的一口應承：「趕快把行李從機場直接拉過來吧！」

爲了將舞團和居家分開，當時我在紐約中城租了套政府給表演藝術工作者的公寓，所以可以讓他們住在 SoHo 排練廳後面麻雀雖小五臟俱全的公寓中，唯一的問題是舞團排練時間長，音樂又不絕於耳，感到會打擾他們的作息時間，他們卻非常讚賞我的毅力和對舞蹈的狂熱，日日夜夜馬不停蹄的工作。很難得的是近距離的接觸，在一年多的時間裡，我們沒有發生過任何不愉快，排練之餘有時我也會到後面聊聊天。鴻玲學的是會計專業，看我完全不會做帳，而舞團是非營利機構，帳面尤其要清楚，否則很難申請政府補助，就在舞團兼職當了會計。大家同在一個屋檐下，文藝的家人大姐、姪子、姪女；鴻玲的弟弟都和我母親及弟弟們說說笑笑有來有往，所有佳節也一同慶祝，宛若自家人一樣親近。

文藝在 SoHo 區買了層樓中樓複式的倉庫統倉，裝修完畢後搬了過去，跟我在一個區幾步就到。文藝除了跟住在 SoHo 的許多藝文界、畫家來往外；跟學術界在曼哈頓居住的王浩、陳幼石、鄭培凱、高友功、夏志清，都很談得來；聯合國的同事大都是「保釣」時的「戰友」，當年志同道合結下的友誼；影劇圈胡金銓、羅大佑、張艾嘉、盧燕、蔡瀾進出紐約頻繁，也都是我們共同的舊識。周龍章的美華協會百老匯四五六藝廊跟文藝門牌三六六號百老匯家一步之遙，經常會有熟人的畫展開幕或新聞發佈會在藝廊舉辦，文藝熱心捧朋友的場又有酒會，之後還會去中國城聚餐。他喜歡朋友，

文藝在大理洱海邊（韓湘寧攝）。

朋友也喜歡他，尤其是他講事論理總是在點子上，沒有廢話、假話，辯論問題也是有板有眼有幽默感的性情中人。

一九九五年文藝想到自己退休年齡將至，起意用自己家族的故事作背景寫部武俠小說，做了兩年研究蒐集資料後才動筆，直到二〇〇〇千禧年完成巨作《俠隱》。我是最早的讀者，出版後他還送給了我好幾本，要我分送給有興趣也懂的朋友看。他對老北京的情結通過寫《俠隱》圓了他的思鄉情、故國夢，他自認爲：老年還是可以做夢，這麼看的話，也不妨說《俠隱》是一個千古文人的俠客夢，同時也是給

莊喆八十壽宴。（右起）莊喆、馬浩、文藝、江青。

老北京的一首輓歌。書中細細描繪當時古都的人、事、景的地誌，包含過年節的各種講究。我是個好吃之人，北京風味的美食書中有大段篇幅描寫，看得很饞人但過癮。

用筆名張北海寫的《俠隱》由姜文導演拍成電影《邪不壓正》，拍攝前，文藝曾跟姜文說：「你就按照自己的意思去拍，否則就不是有創意的電影。」二〇一八年上映後我迫不及待去看了，感到看不到原著的影子。聽到有人問文藝：「電影拍的怎麼樣？」他的回答千篇一律：「我沒有看過，因爲電影已經不是我的創作了。」此話當眞也不當眞，因爲我們討論過電影觀後感，他認爲文字和電影是兩種語言和手段，既然有人拍電影他就要放手，作者絕對不可干預導演。另一方面他告訴我已經開始著手寫《俠隱》的電視劇劇本，他以爲自己寫劇本，可以清楚表達他書中原想表達的主題內容和人物。

後期跟文藝的交往也和電影有關，一天他說來家找我有事相商。原來有電影公司委約他寫電影劇本，根據徐訏原著《風蕭蕭》改編。《風蕭蕭》是抗戰時期通俗的諜報愛情故事，因是暢銷小說在港、台多次改編成電影、電視劇，在大陸也曾改編爲話劇。他已經完成了劇本初稿，來我家時還帶了原著要我對照著看。我受寵若驚，告訴他：「我在香港時認識徐訏先生，但你身邊有無數『高人』，哪裡輪到我指手畫腳？」但他說能夠看電影劇本的朋友不多，而我又是講眞話的人，他願意聽。於是暑假時我帶了劇本和原著回了瑞典，用功地讀也做了些筆記。幾個月後回到紐約，跟他談了意

文藝在家抱孫子與江青。

見和想法，但最後的結果就無從知曉。

原因是沒有多久，劉大任到我家聚會，打一年一度的麻將，帶了幾條香菸要我有機會時轉交給文藝。我打了電話約好去文藝家送菸，鴻玲開門後文藝要我上二樓，一照面這一驚非同小可，文藝脖子上打了白石膏，完全不能扭動。原來前幾天在紐約街上，他一隻眼突然瞎了，走路失去平衡，回家後不慎踩空，從二樓樓梯滾下撞到硬物所致。看他瘦長的身影有氣無力地斜靠在黑皮沙發上，心裡隱隱作疼，那天在他家聊了很久很久，天黑了才告辭。

這突發的變故，使他出院後對以後的生活作了新規劃。與我談新規劃時文藝並沒有傷感，談到年輕的時候不願意接受的現實，但現在接受。在無多的歲月裡，他想把應當做的事做完，寫過的文字要好好整理，人生的意義還是要做你要做的事，直到臨死……他也表示不可能再跟外界多接觸，自己目前一眼瞎、耳不聽、走不穩、腰不直、牙不好……因爲意識到生命有限，他要好好把握最後的光陰。我點點頭，表示完全理解他的意思。此後，我關心他的身體，但打電話無人接，往郵箱寫信也不回，只好尊重他的意願，沒有跟他主動再繼續聯繫，所有的朋友也失去了他們夫婦的音訊。

讀到他接受《人物》採訪時說：「《俠隱》裡面藍藍問李天然，她說難道人生就是這樣，相聚一場，歡歡樂樂，然後曲終人散？李天然說，人生就是這麼一回事。你問我的人生觀是怎樣的，就是這句話。」

幾天前回到紐約，參加了九月十六日下午，在美華協會四五六藝廊開的張文藝追思會，近二十位好友聚在文藝當年常去的場所，緬懷與文藝的交往，氣氛十分溫馨。大家不約而同的談到了他愛喝威士忌的趣事，也談到了無論春夏秋冬，也無論任何場合，文藝的那套招牌行頭：泛白的藍牛仔褲、白球鞋，不羈的嬉皮士形象伴隨了他這一輩子。我跟李安都愛燒飯，還討論了文藝家中喜歡鄭重其事的請朋友吃的招牌炸醬麵，用醬用料文藝都有傳統的講究，我們用心卻學不來。

我剛寫了此文，追思會上將文章內容描述了一番，大家當故事聽得津津有味。李安則表示人如其名「文藝」，他在曼哈頓百老匯的樓中樓裡見證了近半個世紀大半個華人文藝圈，相當長的一段時間還當上了紐約的孟嘗君，家中永遠都是「談笑有鴻儒，往來無白丁」，各路人馬不約而同的喜歡聚在他的樓中樓裡，一起暢飲、暢所欲言夢想和信念，文藝代表了紐約一個時代的文藝氛圍。

老友追思文藝（左起）周龍章、李安、羅蘇菲、江青。

記掛著過去這幾年間文藝的文字創作，《俠隱》的電視劇劇本和改編《風蕭蕭》完成了嗎？其它要整理的文字準備出文集整理到了什麼程度？鴻玲告訴我文藝的書桌上一疊疊書寫好的紙放得好好的，但他書寫了些什麼自己並不清楚。重要的是文藝很享受這幾年與人隔絕的生活，感到活得清靜而自在，況且他走的如此安祥平靜，就像熟睡了的孩子一般。

今年九十的夏陽看了我給他寄的追思會合影後，回信：昨天看了這個眼淚都流下。是啊！嘆隨著文藝的離去，他代表的那個歲月一去不復返！〈曲終人不散〉寫此文時我沒有跟他散失，文藝雖遠走它鄉，我筆下、心中，他永遠在眼前。瞧——他手中拿著一杯威士忌，侃侃而談！

二〇二二年九月五日初稿於瑞典
九月十七日與紐約完稿

從朱銘「太極陣」到舞作《由始……》

昨晚半夜醒來打開郵箱，《明報月刊》執行編輯葉國威先生來郵：《明報月刊》這期特輯想悼念朱銘，有點印象您應該會認識他？

悼念二字讓我一下子驚醒了，再也無法入眠，回憶讓時間倒流四十一年，我們有過一次難忘又珍貴的合作經驗。

七十年代中期開始，江青舞蹈團工作室在紐約 SoHo 區 Greene 街尾，漢查森畫廊（Max Hutchinson Gallery）在 Greene 街頭，鄰近畫廊漢查森先生還有個極其寬敞命名 Sculpture Now 有氣派的展廳，專門展出大型雕塑作品。七十年代中期，因爲漢查森的法國畫家情人海倫是我的好友而與他結識，他們就住在畫廊附近，由於近水樓台又氣味相投，我們來往頗爲頻繁。

一九八一年一次小聚時，他們告訴我將有位中國藝術家朱銘的個人雕塑展在

舞作 from the beginning《由始……》，舞者章仲林、Terry Richards（柯錫杰攝影）。

Sculpture Now 開幕，邀我去參加，並說：「保證妳會喜歡他的雕塑，我們知道妳的品味。」

果不其然，一進展廳我就被一組太極陣的氣勢震攝住了。雕塑從數千年傳統手工藝木雕技術、形式與表現出發，然而呼應、融會西方現代雕塑精神。作品不只呈現太極拳有形的動態，也表現出陰陽相輔相成、二元對立又協調的概念，在讚嘆它富有連綿不絕的太極韻律同時，也嘆讚不動如山、氣勢如虹的穩重靜態。

這與我對於中國現代舞的發展觀點不約而同，我一而再三強調：那就是扎根於固有的文化，在傳統的基礎上發展與現代意識相結合，使中國民族舞蹈同時具有民族性和世界性。那天我逗留了很長時間不捨離去，當然也因爲有很多 SoHo 藝術家在那裡相聚，大家都異常興奮的慶賀朱銘在紐約首次個展的圓滿成功。一致認爲作品以現代抽象造型呈現傳統觀念；作品既古老東方又能和當下國際藝術接軌。

這突如其來的「驚豔」讓我不能忘懷，正如在七十年代初期看到蔡文穎先生的動感雕塑藝術作品一樣，被牢牢吸引住並被感動、被觸電，心馳神往的馬上討論合作創作的可能性，結果我們一口氣合作了兩個作品，《變》、《詮釋——音樂的變奏》。

躊躇幾分鐘就可以回到 Sculpture Now 再欣賞和感受這個太極陣釋放的巨大能量，很難形容那種莫名的激動，產生的激情想用太極陣創作新舞作。澳大利亞籍的漢查森先生粗中有細，看我流連忘返，三天兩頭的去探望這組雕塑，就揣摩出了我的心思。

但舞團經濟條件有限，我無法獅子大開口談合作。然而熱情的海倫忙敲邊鼓，要我邀請漢查森來家吃中國菜，她自告奮勇做拿手法國下酒菜和精美甜點，在酒足飯飽之餘，果然說動了這位有膽識的藝廊老闆漢查森。商討下來展覽三周結束後，直接將太極陣四個雕塑搬到我的工作室一段時間，如果可以創作出新作品，可以參加「江青舞蹈團」一九八二年在紐約河邊大道舞蹈節（Riverside Dance Festival）的公演，作品搬運、保險費用由藝廊承擔。

反覆琢磨後決定，創作上首先對太極精神的領悟，然後用太極拳的基本動作元素出發編排。八位舞者參與雕塑其中，與作品互動，合而爲一地即表現出行雲流水的動感，同時也表現出穩如泰山的姿態。

看到楊英風先生一九七七年寫《朱銘木雕專集1》中，引用了我的恩師俞大綱教授把朱銘比爲藝術大師齊白石，因爲他們作品中，都具有共通的三個要素：「一，完美詮釋精神和形體……二，表現主義與細節相結合：齊白石的表現主義作品看似肆意揮毫，卻同時包含豐富且具有意義的細節。三，作品與主體相似卻又不似，寫實與抽象中間取得了折衷。」分析的有理有情而絲絲入扣，創作上給了我不少啟發。最後舞蹈取名「From the Beginning」（《由始……》），把心、意、靈完全專注在原始之初之中。

朱銘知道藝廊贊同，我要用他的作品在舞蹈節展演，欣然同意，但表示對舞台表演藝術是門外漢，不便指手畫腳的參與。莊喆回憶，當年朱銘到他家裡作客，院子裡

太極大師黃忠良在朱銘「單鞭下勢」雕像前。

看到一塊木頭，馬上就檢起來，進屋後就埋頭苦幹——雕刻，當場雕完送給主人。寫到這裡想到了朱銘的恩師楊英風先生，他是朱銘的引路人，指領他走上了和以前截然不同的藝術道路。一九七三年我由柏克萊搬到紐約，適逢楊英風先生在給董浩雲先生設置在美國紐約「東方海運大廈」前廣場的不銹鋼景觀雕塑「東西門」（QE門）。海運大廈由貝聿銘設計，廣場在華爾街100號和Pine街88號交界處，簡潔的方型挖出一個正圓形，正圓形則有如鏡子一般斜置在方型前端，具有東方以空爲境的哲學美感。

董先生與我是忘年交，於是他介紹了在紐約的楊英風先生給我認識，得意非凡的在餐桌上說：「爲了給中國人爭口氣，一定要把『東方海運大廈』蓋在華爾街金融區，並且找中國人設計、門口廣場放中國人的藝術品。」如今言猶在耳，可是人呢？楊英風先生、漢查森、董浩雲先生、海倫、貝聿銘先生、朱銘這些善良有智慧的好人，一個個的都隨風而逝。套句趙元任先生譜曲，董先生愛哼的歌「叫我如何不想他?!」

不得不提的題外話，如今我住在Pine街，離88Pine街幾乎是街頭街尾，「東方海運大廈」幾年前易主，大廈改名爲「Wall street Plaza」，但楊英風先生的景觀雕塑「東西門」仍然安好無恙地佇立在廣場上。因爲離家近，我經常路過那裡，路過時不免會多看幾眼，腦中閃過那些曾經的歲月。驚聞朱銘先生厭世輕生，不敢置信、噓唏不已，唉——痛惜英才！當夜翻找出老友柯錫杰一九八二年拍的《由始……》劇照，也看了當年在舞蹈團排練的錄像，仍然無法入眠，清晨又身不由己的走去了廣場，拍下了「東西門」雕塑照片。

回到正題，要找到適合的音樂編《由始……》可苦了我，尋尋覓覓一段時間後聽到

楊英風紐約「東西門」雕塑（江青攝）。

了「西藏鐘聲」組曲，由 Henry Wolff、Nancy Hennings、Drew Gladstone 三位作曲家合作完成。二十分鐘的音樂具有神秘色彩，也有以不變應萬變的氛圍，靜中有張力，正合我意。最後按照音樂的大結構，編成了不間斷的四個舞章。

服裝設計上，與長久合作的意籍美國人 Christina Gianini 商談，她來工作室看排練，雕塑作品中有力的木材被刀鑿斧劈、木材的刻痕紋理，都可以看出這種一氣呵成揮灑自如的創作功力。舞者在雕塑中穿插，時而成爲雕塑的一部分，時而又遊離開，賦予雕塑動態的生命。最後服裝決定用魚網狀的面料，再用手工穿針引線，紋理成爲抽象、表意性的線條，表達一種抽象的樹結又是根鬚的藝術形象。服裝製作程序十分複雜，爲了達到藝術效果 Christina 不厭其煩的自己動手，還加上了手繪。「江青舞蹈團」八十年代後期在紐約結業時，我把服裝、道具贈送給了有需要的團隊，而將《由始……》八套服裝送給 Christina，我仍然記得當年她孜孜不倦的投入和辛勞的付出。

一九八二年十月二十三日《由始……》在紐約河邊大道舞蹈節首演，漢查森和海倫來看演出，遺憾的是朱銘本人不在紐約。仍然記得漢查森在演出後的酒會中興奮地說：「原藝術品在舞台上展現，配合著舞台燈光、音樂、舞者，似乎『太極陣』雕塑本身也『復活』了，完全是一種新的經驗。」海倫則擁抱著我，在我臉上親個不停，滿臉全是她的紅唇印。

遺憾的是《由始……》不可能巡迴演出，因爲作品體積龐大，運輸上困難重重，現代舞團條件有限經濟壓力太大。秋季演出結束後，「太極陣」完璧歸趙。慶幸的是在舞蹈節演出的錄像帶，我捐給了林肯中心表演藝術公共圖書館，由圖書館保存下來，萬無一失。

一九八九年秋天我到台灣作獨舞演出，與朱銘通了電話，感謝他當年給於我創作上的支持，也請主辦單位負責人許博允先生代邀朱銘到國家大劇院作嘉賓，至於他有沒有來就不得而知了。後來有機會去台北，特意去觀賞了「朱銘美術館」。美術館於一九九九年開館，位於新北市金山區，坐落於山林天地間，是與大自然完全融合的戶外雕塑園地。眞是美侖美奐、美不勝收！

朱銘曾說：「爲了達到忘記這個目的，我有一個方法，就是用快刀。」那就是要在腦袋思考之前，已經下刀了，讓思想跟不上下刀的速度，進入渾然忘我的境界。如此，會有「讓我自己都沒有想到的東西產生出來」。

這正是我在一九八一年，在 Sculpture Now 邂逅朱銘「太極陣」一霎那間恰如其分的寫照，藝術的感染力強烈的撼動了我，而自己都沒有想到的舞作《由始……》誕生了！

僅以此文悼念藝術家朱銘，我非常慶幸在有生之年跟先生有過這樣一次不同凡響的合作！

二〇二三年五月十二日

聰慧頭腦

二〇一五年在瑞典斯德哥爾摩成立的Brilliant Minds Foundation（聰慧頭腦基金會）是一個全球性的平臺，讓富有創造力的人聚集在一起，共同思考改變世界的想法。目標旨在成爲最重要的面向未來的影響力組織，使世界更具可持續性、創造力、包容和協作性。基金會植根於瑞典的開放、透明、平等、信任和社會責任價值觀。放眼全球性的合作並創造影響力，展示瑞典作爲創意之都。

核心聚會每年夏天在斯德哥爾摩舉行，會議爲期二天。之前，我對這個組織竟然一無所知，直至春天時艾未未問起：「今年夏天六月十四日到十六日我會來斯德哥爾摩參加一個Brilliant Minds組織召集的聚會，妳會在嗎？」隨後接到了未未工作室寄來的日程。上網查了一下，才知道這個組織彙集了一些世界上最具創造力和影響力的個人，分享故事、新的觀點、激情、理念和經驗。從傑出大膽有創意的思想領袖，到

「聰慧頭腦基金會」在入口置放的地毯。

強大的創新者，爲年輕企業家和新興藝術家提供了獨特的舞台。這些多元化的「腦聰」人物，激勵著他們周圍的人挑戰現在，無所畏懼地塑造和構想未來。會員包括美國歐巴馬總統（Barack Obama），瑞典環保少女、綠能倡議、行動者 Greta Thunberg，投資銀行家高盛首席執行官（Goldman Sachs）David Solomon 等重磅級人物。

新冠疫情使聚會停擺了兩年，今年新的執行主席是英國人 Annastasia Seebohm，二〇二二年聚會的中心主題是「變革」：「一天，或第一天，你決定！」這是他們在會議主場 Grand Hotel 門口打出的標語。

Ms.Seebohm 在接受富比世採訪時如此表示：「變革」不僅僅是生活的一個方面，

而是生活本身。有時，我們似乎從未經歷過比這些更具挑戰性的時代，對我們的生活方式，工作和旅行方式，我們如何吃飯，思考和與他人相處，提出了新的緊迫問題。

對一些人來說，變革意味著不確定性、風險和恐懼。但對於「聰慧頭腦」來說，我們相信變革是進入一個動盪時代和新領域的重要挑戰。我們有機會提高我們的理解力和同情心，並更好地瞭解我們自己和我們周圍的世界，以及我們個人可以做出的改變，盡力爭取更安全，更健康，更光明的未來。我們早就看到了擁抱變革可以帶來的積極性和成長。

今年是她本人第三次參加這個聚會，且以主席的身分。訪問視頻中她說：「以前參加過的兩次聚會都深被感動，今年在斯德哥爾摩，我們很高興再次將一個由合作者和創新者組成的社區聚集在一起，大膽無畏、敢於擔當，確實是聰慧頭腦，他們專注於新事物，興奮地向前邁進並爲共同利益而聯繫。」

資料中顯示，今年世界各地被邀請參加的來賓共三百位，如：

Malala Yousafzai——諾貝爾和平獎得主

Ai WeiWei——藝術家、人權活動家

Lucy Edwards——優酷視頻（Youtube）內容創意、記者

Lionel Barber——作家、廣播員和《金融時報》編輯（the Financial Times 2005-2020）

6月16日艾未未與 Michael Frahm 在台上對話。

Helena Helmersson——H&M 集團執行主席
Edward Norton——演員、社會活動家、企業家
Bela Bajaria——Netflix 全球電視主管

此外，基金會今年首次組織了兩百位年青人（十八～三十歲）參與「A Taste of Brilliant Minds」（品嚐聰慧頭腦）聚會，參與者都必須居住在瑞典首都斯德哥爾摩。這個年青人的聚會由正式聚會結束後的第二天（六月十七日）開始，目的是鼓勵年青人擁抱他們的好奇心，用聰慧頭腦爲未知和陌生的事物騰出空間，帶著希望、樂觀和活力向前邁進。對於那些勇敢地放手，摩拳擦掌、拳打腳踢並相信自己可以改變世界的年青人來說，他們肯定是先品嚐，日後會勇往直前的！

二〇二二年六月十五日早上九點，艾未未的作品「拱門」（Arch）在瑞典國家美術博物館前揭幕，面向博物館而背向皇宮，又傍著波羅的海內海灣，

這一具有儀式感的揭幕作爲「聽慧頭腦」今年的開幕式，艾未未出席剪綵，並發表感言。也是「聽慧頭腦」承諾在未來五年內在斯德哥爾摩支援的一系列新公共藝術展覽的第一次運作，慶祝創新和創造力，並激發當地社區之間的聯繫和對話。

艾未未剪綵之前，主席 Ms. Seebohm 介紹艾未未和「拱門」作品，她說：全球知名藝術家和活動家艾未未與「聽慧頭腦」今天在瑞典斯德哥爾摩揭幕了艾未未最重要的作品之一「拱門」。他是這一代文化領袖人物之一，在中國和國際上都是言論自由的典範。

6 月 15 日剪綵後艾未未穿越「拱門」。

「聰慧頭腦」在歐洲創新的領先國家瑞典揭幕「拱門」，標誌著瑞典在全球藝術、文化和社會秩序中，日益增長的重要里程碑作用。早在一九六七年，瑞典在世界上首先通過環保宣言；一九七二年，首次在斯德哥爾摩召開聯合國環保世界大會。

艾未未的「拱門」試圖強調我們改變的能力。事實上，拱門第一次出現在紐約標誌性的華盛頓廣場公園紀念碑前（二〇一七年十月至二〇一八年二月），在斯德哥爾摩的位置將繼續慶祝公共藝術作爲對話的催化劑，敦促我們所有人思考我們生活的時代的矛盾，以及我們每個人爲更美好的世界而努力的責任。

在艾未未的整個藝術生涯中，他對政治和人道主義危機敲響了警鐘，不斷挑起和挑戰關於藝術在社會中的作用，以及如何在集體努力中動員創造性的聲音，以便在世界舞台上發揮作用。在政治分裂、前所未有的難民危機和全球孤立主義情緒浪潮的時代，「拱門」提供了一個強大而發人深省的資訊，反映了我們生活的時代的不確定性，以及世界各地需要用聰慧頭腦來應對變革的挑戰。

通過「拱門」四十英尺高的結構，在拋光不鏽鋼中完善，讓人聯想到鳥籠和難民，艾未未創造了對自由的頌歌，使用交織的人物的輪廓來代表所有人的自由通道，並呼籲一個沒有邊界的世界。

剪綵後，艾未未面對媒體和來賓表示：

藝術的功能不是關於對或錯，而是爲人們提供一個做出自己判斷的機會。

2022 年 6 月 15 日江青在拱門前，後爲瑞典皇家國家博物館。

公共藝術不僅在美學上豐富了社區，而且還提高了人們的意識，並促使觀眾質疑自己的假設。隨著越來越多的人接觸藝術並看到自己在公共空間中的反映，通過連接和表現的力量，更大的協作感成爲可能。

自第二次世界大戰以來，我們第一次生活在動蕩的時代，戰爭破壞了歐洲社會的基本原則，氣候變化有可能造成進一步的流離失所和移民，歐洲的無國界申根區受到修訂後的審查。今天，已經有一百七十萬烏克蘭人逃離了他們飽受衝突蹂躪的家園，歐盟預計這一數位將增加到四百萬。新冠疫情大流行，全球變暖和持續的軍事危機，全球緊急情況應當成爲創造一個更加可持續、安全和包容的世界的動力。現在，我們比以往任何時候都更加緊迫，應該張開雙臂迎接移民和那些流離失所逃離危險的人。

我的「拱門」正是爲此而作，感謝「聰慧頭腦」爲「拱門」提供可見度的機會，對於促進和保護言論自由是積極和絕對必要的。

最後他特意表彰了瑞典在難民問題上一馬當先，做出表率；同時在環保、解決空氣污染問題上的承諾；人權、性別、教育、政治與種族平等問題上，都永遠在世界上領先，一直名列前茅。

2022 年 6 月 14 日 在江青家（左起）萬之、未未、主人、Kim 歡聚。

很幸運因爲有艾未未的參與「聰慧頭腦」，讓我注意並瞭解到瑞典這個不同凡響有抱負的基金會組織，特意在此向大家介紹。

五年前，二〇一七年我看過在紐約華盛頓公園中展出的「拱門」，同樣一件作品，在不同的環境和氛圍襯托下，顯而易見斯德哥爾摩的「拱門」比紐約的更爲突出、壯觀，可以肯定的說：「更勝一籌罷！」

用旅居瑞典的詩人李笠的詩作尾聲：

〈陪女兒看艾未未的拱門〉

通道在籠子的裡面
寒冷的光
穿過它，你會看見自己
流水中的倒影：一個怪物
哦，這難民的境遇
這愛的肖像
它用三秒鐘留住了你的一生
或你用一生

穿過它三秒的奧義
它叫拱門
它多像烈焰！
你穿越，變形
這是獲取意義的代價

二〇二二年六月三十日於瑞典

舊情難忘——緬懷侯一民、鄧澍伉儷

「這個寒冬冷得令人窒息！」這是侯一民和鄧澍伉儷的獨生女侯珊瑚發出悼念父母的悲慟。眼前不知道該如何表達我的哀傷，難以入眠。唯一我能祈望珊瑚可以憑藉由四面八方潮湧、席捲而來的暖流——對她父母從人格到藝術上的讚揚、推崇、溢美、緬懷……逐漸踰越驟變的襲擊而造成的冰雪風霜的寒冬！

二〇二二年從珊瑚那裡就知道她父母健康情況不佳，和也同是藝術家的夫婿海生，差不多整一年放下所有的工作照顧病中二老，七月時二老一塊兒去醫院治療了一段時間，查出癌細胞沒有復發，有專業團隊護理二老，要我放心。不料收到：「魔咒還在繼續，熬著吧！」信息，我心中七上八下……珊瑚知道我牽掛，特意寄給我護工拍的父母住在同一個病房的溫馨視頻。直至十二月下旬，我得到信：「父親感染新冠肺炎，母親心衰腎衰。」我與珊瑚幾乎每天保持聯繫，只能寫：「祈盼奇蹟出現，妳自己保

侯一民、鄧澍新婚。

重好！天不由人……」二〇二三年元旦日，珊瑚父親在北京昌平泰康燕園謝世，母親於二十天後，一月二十日也相隨作伴去了。二老相交相知、相濡以沫一輩子，生活上是伴侶而藝術上是夥伴。我寫：「珊瑚：二老現在團聚了，繼續相扶相持作老伴，妳該放下心。請妳跟海生節哀，一同度過令人窒息的人生苦海！」

最近這些日子常常憶念起與侯老、鄧澍的交往，記得二〇一六年因感人生聚散無常，出版了繁体版《故人故事》，書中記下故去的朋友們點點滴滴、林林總總的故事。出版後去北京，給住在戒台寺的侯家送去，看侯老迫不及待地在翻閱，就跑去他家的大院子裡自己轉悠：賞花賞畫之外，賞菜園、賞孔雀、賞雕塑、賞古玩字畫收藏……個把小時後我回到客廳，侯老笑著說：「這本書我大致翻了一下，送妳四個字『舊情難忘』。」說著拿出來這四個字的刻印，按了紅印泥後在一張宣紙上按下去，題：江青老友存侯一民刊，蓋了簽名章給了我。三聯書店次年要出簡體版，建議書名改爲《依依故人》，徵得侯老同意，出版社用「舊情難忘」印章置放在目錄前，點題又添彩。

《依依故人》新書發佈會邀請到侯老和李輝作嘉賓，女婿海生充當司機送侯老到三聯出版社會議室，出版牽線媒人董秀玉女士也在座，與侯老相聚歡。侯老知道書的內

二老在自家庭院中。

容，對我比較瞭解，所以談笑風生。幽默的揭我「短」，丟三拉四、馬大哈的毛病，跟我出去逛地攤，要付錢時錢包不翼而飛，去機場發現護照丟失……但肯定我對藝術絕對忠誠，對朋友絕對眞誠的誠品。

寫文章取名難爲，想到侯老贈題字「舊情難忘」很貼切此篇內容和我此刻的心境。

一九八二年，應母校邀約，給北京舞蹈學院第一屆教育系大專班上課，偶遇李翰祥導演在北京籌備「葉赫那拉」（後改名「垂簾聽政」）拍攝，李導演介紹他四十年代中後期在「北平藝術專科學校」的同學侯一民、鄧澍夫婦給我認識，與他們伉儷一見

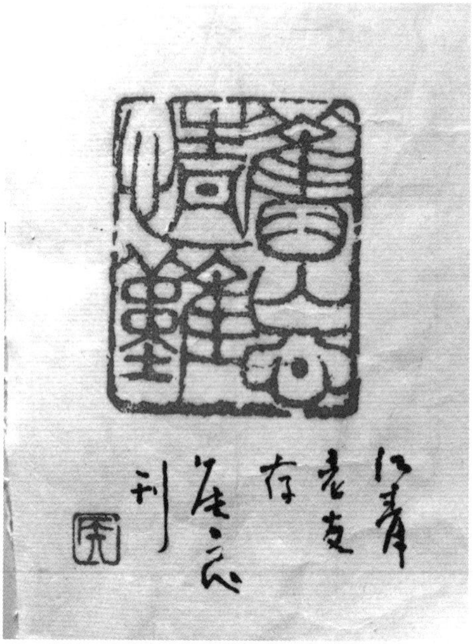

「舊情難忘」刻印，候一民、鄧澍新婚。

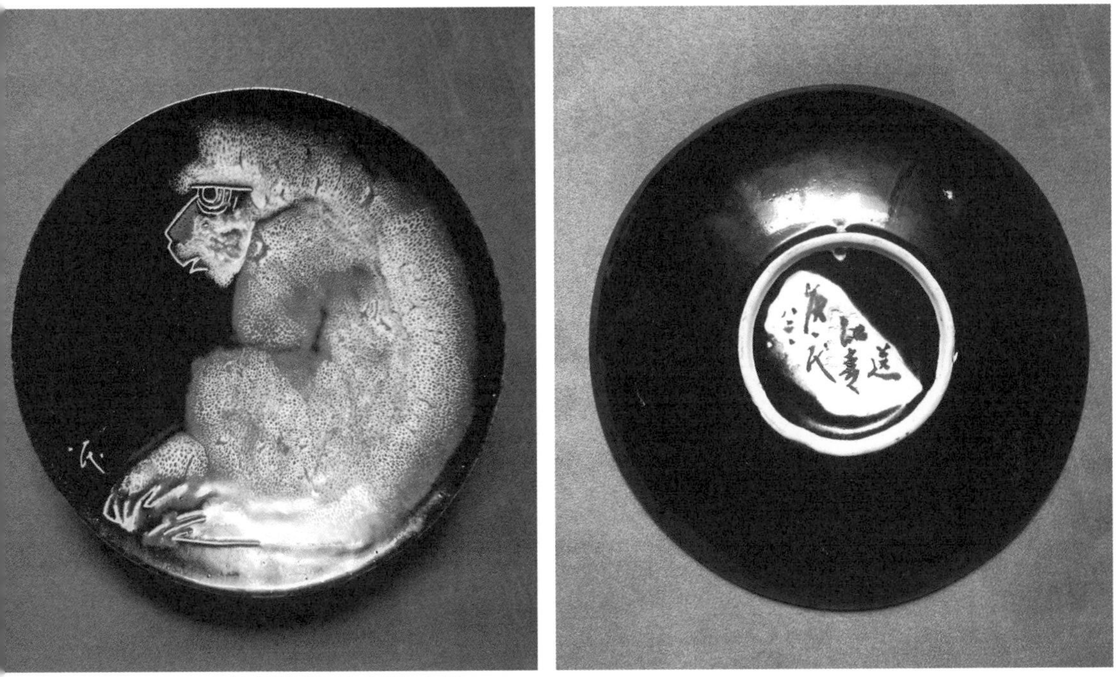

1982 年侯老贈送陶盤（面）（底）。

面就結緣。李導演按當年同學時叫他小侯，我則尊他侯老，如今屈指一算跟他們伉儷相識到相知已經整四十個年頭。當年侯老任中央美術學院第一副院長，鄧澍任中央美院教授，家在美院西總布胡同宿舍，屋不大陳設簡單，但畫畫材料、古董瓶罐、小玩意卻琳瑯滿目。他們夫婦除了繪水墨、畫油畫、做雕塑、作壁畫、製陶；收藏的古玩字畫和藝術作品滿屋皆是，掛起的、攤地的、桌上堆的、架上擺的，外加八哥、貓和蟋蟀活蹦亂跳的挺熱鬧，眞是非同小可的玩家、雜家、藏家、藝術家。和侯老結識後，我們天不亮打著手電筒一同逛北京潘家園古玩曉市，也一起討論「葉赫那拉」劇本，陪李導演在北京近郊勘景。侯老和鄧澍合作，給電影畫了一幅慈禧的肖像，作爲劇本封面和片頭使用，畫中的慈禧雙目炯炯，一副不怒自威的樣子。

舞院教學後期，我創作《負、復、縛》，學生當演員實習。院裡知道譚盾已將第一場音樂《魚與熊掌》做完並錄了小樣，我也將第一場拉了個大框架，所以要我作個匯報聯排，而實際上是對「現代」不放心要「安檢」。那天除了舞院領導也請了一些院外專家，戴先生愛蓮在場與侯老是舊識；李克瑜老師是我學生時代的美術老師，是侯老的學生，這次邀請她設計服裝；因爲李翰祥導演有攝像器材，也被我拉來幫忙現場錄像；侯老、鄧澍也一起來湊「熱鬧」。記得聯排在當年陶然亭舞院舊址三教室舉行，教室和走廊裡裡外外擠得水泄不通。「安檢」的結果是停排，至今我都不知道「毛病」何在？於是決定給我任藝術總監的香港舞蹈團一九八三年排演。知道我的方案後，侯老熱忱地推薦了著名的傳統藝術家麵人湯（湯夙國）給第二場「打神告廟」設計面具。他爽快答應，從此我們交上了朋友，有機會去北京時，常和湯夙國作伴去侯家串門，湯夙國老北京，精通北京傳統小吃：豆汁、驢打滾、油餅之類。遺憾的是湯夙國於二○一五年春天故去，跟老倆兩口見面時，也時常會緬懷這位風趣、畢生奮鬥的藝術家。

一九八七年我跟侯老在北京和紐約有過兩次近距離的接觸。我在中國作八個城市的現代舞獨舞演出，終點站北京，演出在北京海淀「中國劇院」，三場演出中的其中一

父母女兒一起在長白山寫生 1982 年。

場是由「中國美術家協會」包場。當然我明知是侯老暗中牽線搭橋的結果，他時任中國美協理事，但從來沒有邀功提起。演出當晚座無虛席，演出後侯老滿臉笑意，說明自知者明：沒有搭錯橋牽錯線。在紐約的緣起是這樣的，七十年代中期，我與作曲家周文中，雕塑家蔡文穎，在紐約跨界合作「變」，合作中意識到我們有共同濃重的「中國情結」，想把身負中西文化背景的海外華裔藝術家聯合起來，擔當不可推卸的中西橋樑作用，在國際藝壇上爭取華人應有的地位，建立民族自信心。於是成立了「中華海外藝術交流委員會」推選聰慧能幹的蔡文穎太太張培蒂任主管。有機會跟侯老討論此事，他激賞表示會積極參與，因爲他一直主張藝術家應當對社會和民族有擔當，這也表現在他們伉儷所有的藝術創作中。

在培蒂奔走聯繫下，促成了侯一民、肖峰、朱乃正等，一九八七年來美藝術考察。培蒂安排大家先在各地博物館和藝術院校參觀訪問，後到紐約這個世界藝術中心待一陣，經費不足下，我自告奮勇的搬出公寓住到工作室，好騰出西四十六街由鋼琴工廠改造的公寓給來考察的藝術家們住。中國紐約領事館在西四十二街，熱心的文化領事李宏充當翻譯、司機兼嚮導，領著一行人到處東張西望。一天我買了一大堆食品送去公寓，不料陳逸飛在那裡，他正在紐約漢默畫廊開畫展，想邀請老前輩去畫廊指點。正說著陳丹青也來了，當然在國外能見到老師們，難得的高興，二位都驚訝的問：「妳在這裡幹嗎？」「唉，這是我的家呀！」大家哄然大笑。

八十年代末與九十年代初，侯老、鄧澍教學之餘忙於創建深圳「錦繡中華民俗村」，一個以中國文化爲本而設計的主題公園。其中分爲兩個區域：錦繡中華微縮景區與中國民俗文化村。由於微縮景區有小陶人五萬多個，此區又被稱作「小人國」。文化村表現中國各民族的民俗風情，藝術及建築。此後在深圳他又開啟了「世界之窗」主題公園創建工作，主要是模擬世界上不同地方的經典建築爲主，囊括世界著名景點微縮景觀一百三十多處。他們認爲建設世界之窗的主要目的是讓仍然貧困的中國老白姓，卽使足不出國門，仍然可以領略到世界各地的風光和文化。

一九九三年，伉儷二人在北京市西郊戒台寺山下秋坡村買了幾間民房改作工作室，熱心的拉了我和藝文界的朋友買房作鄰居，想把那一帶變爲文化藝術基地，大家可以聚會談文弄藝互相觀摩。我興致勃勃的帶了我聊得來的朋友謀容、許以祺、艾未未、張暖忻，同學潘志濤、滿蘇榮等，一批又一批的人去「觀光」。侯老在鄧澍侄兒祥子陪伴下，熱情洋溢的帶大家到村裡、山上轉，儼然像個導遊兼村長。戒台寺是明代建築，寺裡蒼松古柏，素食精緻可口；秋坡村的泥又可作陶土使用，二老已經安好了幾個燒陶瓷的窯。我想日後年紀大了舞不動時，可以跟氣味相投的人比鄰而居，又可以製陶，老來還是落葉歸根吧！衝動之下當機立斷和謀容各買下一處，而且在侯老張羅下，立馬開始改建成三合院。李翰祥導演笑說：「你幹嘛買，那麼遠，你不會用得上的！」我說：「你幹嘛整天買古玩字畫？也是用不上的東西呀，這就跟你買藝術收藏一樣，

1988 年，侯老在小人國。

看看想想就挺好挺美！」侯老在旁聽著含笑不語。不幸卻給李導演言中，本以爲老來可以「歸隱山林納晚涼」的寶地，我自己一天都沒機會用，倒是提供給「廣東現代實驗舞蹈團」在那裡紮營安寨過。後來長期閒置，麻煩層出不窮，如今已「全村覆沒」。覆沒後，有次跟二老去山坡上的「農家樂」飯莊午飯，從那裡往下望，可以看到秋坡村，侯老說他言猶在耳，複述了多年前我跟李導演在村裡的對話。

記得一九九四年，兒子漢寧十歲，他的生日禮物是先去他父親心儀已久的敦煌，再去西安、上海、北京。敦煌由侯老幫助聯繫，託他的福，使我們這十個人組成的旅遊

1994 年漢寧和媽媽在秋坡三合院門前。

侯一民（左）在書房給江青（中）談作品，鄧澍（右）在旁邊觀看。

團享受到特殊待遇，不但敦煌研究所派資深人員當導遊，還看到了一般不對遊客開放的多個洞窟。到北京後我們一行人去了秋坡村，在侯老引領下，看了正在施工的三合院，之後我們到戒台寺的東隅侯家作客，他們早就搬到頗具規模的工作室，諾大的空間但還是跟從前美院宿舍一樣熱鬧非凡，客人們都讚不絕口說置身其中有如置身博物館。在院中央的大展廳，看到他們夫婦合作我的肖像油畫，他們說是按照八十年代我在大寶雅胡同他家作客時拍下的照片畫的。

二〇〇八年在北京中國大劇院歌劇廳，我爲奧運會文化項目導演譚盾作曲歌劇《茶》，開排第一天在街上摔斷腿骨，那天是漢寧父親比雷爾入住醫院，我有點魂不守舍。每天坐在輪椅上工作，排練八週期間我往返北京、斯德哥爾摩九次，侯老時常打電話關心我和比雷爾的情況，當時我心情很亂工作壓力極大，已經不記得是否有

八十年代江青探望住在大寶雅胡同的侯老、鄧澍伉儷，是畫作的原型。

請他們伉儷來看《茶》？開演的第二天，我在電話中同他們告別，匆匆飛離北京。

兩個多月後北歐深秋時分比雷爾撒手人寰，我無心無力再作舞台創作，決定寄情於寫作，好把腦子塡滿、時間塞滿，那年瑞典的冬天眞長，眞黑，眞冷啊！

此後，我很少去東方，除非是因爲出版書的事，專心致志下大約每兩年出一本書，即使出繁體版，我也會專程往北京跑，爲了探望和送書給朋友們。每次上戒台寺捧著書獻上給侯家時，總會有驚喜，驚喜的是每一次去他們家，發現又

侯一民與鄧澍畫的江青肖像。

有新創作：新的雕塑、新的畫、新的空間。珊瑚、海生這對藝術家由美歸來後，家兼工作室就安在旁邊，往往我一箭雙鵰，同時探望兩輩朋友，年輕輩的生活習慣、藝術風格和觀念與老一輩不同，但一心一意對藝術的追求卻是同樣的令人肅然起敬。驚喜的發現老一輩的作品也展示的愈來愈有系統，侯老和鄧澍不同時期、不同性質、不同題材的畫歸類，壁畫、素描、花卉、人物、風景、人民幣設計草圖等等各有位置。並告訴我：「每個中國人都看過我們的畫並把玩在手，因爲我們參與設計了第三和第四套人民幣。我們從不賣畫，所以不知道市場價格，這是我們引以爲傲的堅守和信仰，也是我們的藝術價值觀，將來收在自己的博物館中給所有的人參觀。」伉儷二人臉上得意的笑容和那份自信、滿足、驕傲、歡暢，筆墨難以形容。

人民幣票面。

我收到了侯老贈送的二〇〇六年遼寧美術出版社出版的簽名《泡沫集》及續編，內容包括創作篇、教學篇、往事篇、打油篇、附錄師友論評選錄等內容。另外，我得到一張侯老贈無題國畫：一隻小鳥孤零零站在梅枝上。說來十分慚愧，有天侯老忽然問：「以前送給妳的百蝶圖妳放哪裡了？」「啊！有嗎？」我困惑，鄧澍說：「我記得清清楚楚，可以證明給了妳……」我無地自容、無言以對。沒有任何責難，侯老說：「這麼久了，怕是沒啦！」過了會兒就拿了這張畫給我，邊說：「這次可要小心喔！」看著畫中孤零零的小鳥，想這不是孤苦伶仃的我麼？

侯一民贈江青的無題國畫，一隻小鳥孤零零站在枝上。

長卷汶川「抗震壯歌」局部圖。

最使我震撼感動的作品是侯老主持，中央美術學院壁畫學會高級研修班一同創作的巨幅壁畫《抗震壯歌》，侯老告訴了我這個作品的創作始末：二〇〇八年五月十二日，汶川地震發生後，他天天對著電視，天天止不住流淚。地震後第三天深夜，他就與合作老伴鄧澍商定，要用畫筆與刻刀繪製出《抗震壯歌》。以汶川抗震救災中感天地泣鬼神的代表性場景作主線，以寫實和全景式風格，刻畫大難面前眾志成城的大無畏精神，對存在於普通中國人血脈中的人間大愛禮贊。這次在宣紙上畫素描，以前沒有過的創新，效果尤其顯著。

侯老瞞著病情投身創作身先士卒，然而在二〇〇八年底被病魔擊倒，入院兩次大手術，七天七夜昏迷不醒，醒後將病房當畫室馬不停蹄工作。經過半年多的奮鬥，全體師生自發義務地用眼淚和木炭完成了近二〇〇米長，二·五米高的巨幅

（左起）鄧澍、侯一民、江青、彭萬墀在 1964 年畫作「六億神州盡舜堯」前。

素描壁畫。《抗震壯歌》在汶川地震周年紀念前夕完成，於二〇〇九年五月七日於北京中華世紀壇開展。展覽結束後，作品製成了陶版壁畫，贈予四川都江堰地震博物館。

每次到戒台寺都看到兩老仍然勤奮地在創作，他們堅守原則，豁達的人生態度，實際上也一直是我的楷模在激勵著我不斷前行。二〇一八年春天是我最後一次去探望他們，看他們身體狀況明顯的大不如前有點擔心。侯老樂呵呵說：「活沒幹完，還得活著，不是嗎?!」

二〇二三年一月五日是侯老的火化日，難以赴京告別，請珊瑚替我買支鮮花，願侯老化爲一縷輕煙，冉冉上升！

珊瑚強忍悲痛，於二〇二三年一月底製作了二分半鐘配樂視頻「懷念我的父親、母親」，每看一次都使我不能自己的熱淚盈

三人行和大狗。

眶。感人至深的視頻中寫道：

壬寅歲末，僅在二十天內，我的父親和母親先後離世。在這悲痛的寒冷冬夜，獨自翻閱老照片，彷彿往日重現，歲月留痕的每一個瞬間，卻已成爲永遠的回憶。

視頻尾聲：

無盡的長河，
曾激起漣漪，
也曾激起波濤，
波濤激起浪花，
浪花又帶起了泡沫，
泡沫轉瞬即逝，
逝去了也就逝去了，
雖然也曾有過瞬間的光彩！

侯一民《泡沫集》

謹以此片，深切懷念我的父親和母親，他們音容宛在，藝術長存。願他們在天堂相聚，永得安息……

謹以「舊情難忘」，緬懷侯一民、鄧澍伉儷！

初稿二〇二三年一月五日

完稿二〇二三年二月三日於瑞典

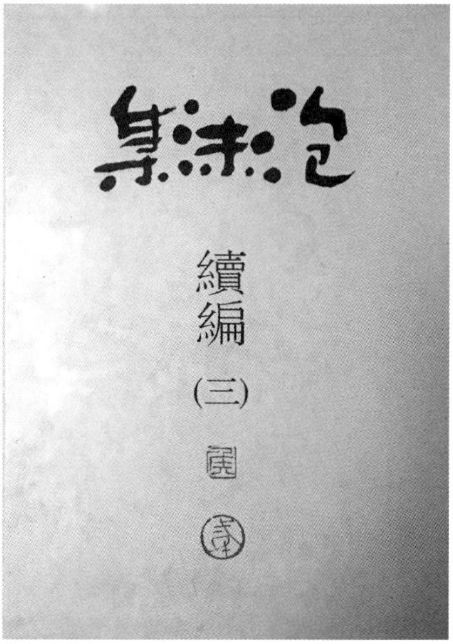

《泡沫集》封面。

金星——蝴蝶破繭而出（上篇）

亞馬遜雨林一只蝴蝶翅膀搧動，一段時期後經過一連串不可思議的變化，就會在遠處醞釀、引發一場呼嘯席捲而來的龍捲風。這是「蝴蝶效應」的隱喻，看似不重要的一個小事件，可以引起軒然大波。此外，蝴蝶或許是因爲風吹而搧動翅膀，換句話說，蝴蝶之前還有前因，前因之前還有前因，永遠追不到第一因。這就是金星，她就是要做一隻蝴蝶，用她自己的話說：我是一隻破繭而出的蝴蝶，所以在巴黎的家中高掛著收藏的蝴蝶藝術品。

聽她的自述時我想：當他破繭成她——蝶時，誰又知道過去的他是如何一點一點掙扎爬出來的？蝴蝶的生命短暫，但是蝴蝶的歷程卻充滿了生命的傳奇。由卵、幼虫、蛹、成飛蝶，每個階段都有牠不同的面貌。當碰到苦難或遭遇挫折時，要牢記蝴蝶破繭而出的艱辛歷程，那是通往自由展翅飛翔的必經之路。

從前，跟金星無論是他、她的接觸，都是在純粹舞蹈專業層面上。

一九八五年，由母校北京舞蹈學院發起並主辦第一屆「中國舞桃李杯賽」，任主席的髮小老貓——潘志濤寫信給我，邀我作爲主席團成員外，希望我在國外做些可能的「努力」——籌款。當時兒子漢寧尚不足歲，我無法赴會，但答應盡心「努力」。結果通過在西方石油公司任副總裁的許以祺拔刀相助，找到了部分贊助。當年「桃李杯」由文化部主持，是國內規格最高的青少年舞蹈大賽，有中國舞蹈奧斯卡的美譽。

比賽開始前一周，禁不住潘志濤三道金牌的催促，查一下自己的銀行帳本還「爭氣」，於是匆忙買了機票，把還沒有斷奶的兒子交給了無可奈何的父親，登上了飛往北京的班機。

到了現場，不料覺察到一些頗有新意的作品並沒有參賽，私下打聽原因，才知道因爲這些作品被認爲不在「中國舞」的範疇，因此「桃李杯」不予接納。當年積極推動現代舞在中國起步的我，立即表態——退出主席團，但還是仔細觀摩了所有的比賽。因爲我爭取到由美國亞洲基金會提供四個名額的獎學金，獲選者可以到紐約觀摩三周，到美國舞蹈節學習六周。我身負重任需要負責選拔獎學金人選。那年金星十七歲表演了《帕米爾牧歌》這個富有新疆民族特色的舞蹈，榮獲少年組冠軍，依稀記得看被譽爲「金星首創男子足尖舞」，被他炫耀式的舞蹈技巧和爆發力震撼。

一九八七年，我在紐約奔波同時與昔日同窗時任廣東舞蹈學校校長楊美琦裡應外合，達成在廣州開設「廣東現代舞實驗班」的構想，框架是廣東政府文化廳批示開辦，由美國舞蹈節安排師資，仍然由亞洲基金會贊助。金星當年是第一期學員，一九八八年金星獲得亞洲基金會全額獎學金，赴紐約學習現代舞，開啟了他的現代舞生涯。

近五年期間，金星先在紐約後赴歐洲，我這個在外搞專業，關起門來又要顧得上做母親、當妻子、理家務的女性，外加心甘情願地爲中國舞蹈「打雜」，還什麼都想盡善盡美。步入中年了，時間和精力都不夠用，所以跟金星接觸並不頻繁。一九九一年，喜獲他首次創作的現代舞作品《半夢》在美國舞蹈節獲最佳編舞獎。一九九三年他打道回府，九六年初成立了「北京現代舞團」，後在三里屯開了有演出的「半夢酒吧」，我也經常因爲教學和演出出入北京，和金星有交臂而過的接觸。

一九九五年春天，二十七歲的金星希望自己從小作爲心理上的女性，可以在生理上成爲眞正的女人，接受了由他到她的變性手術。當時在中國舞蹈界是爆炸新聞，媒體也大幅爭相報導。隔了沒多久，我在北京爲新的舞台劇甄選演員時，見到了來報考的金星，在沒有任何精神準備的情況下的意外重逢，使我恍若隔世又進退失據。所幸的是這個劇由於各種原因停排，我也就釋然了。

二〇〇〇年金星遷居上海，並創建中國第一家私營的「上海金星舞蹈團」和成立「紫星文化產業公司」。去上海時，特意去「上海大劇院」排練廳探望她，當時建團不久還沒有自己的「窩」，萬事開頭難但難不倒從小就叛逆、有主心骨的金星，團的存在代表著中國繼續改革開放的形象，但另一方面，中國對一切新事物都過敏，只要風吹草動，從標榜個人主意到提倡絕對自由化，都會被套上「現代」這個貶義詞。所以金星需要學會在不斷地挑戰、不斷地夢想、不斷地受挫、又不斷地前行，在沖向新的藝術巔峰的同時，還要面對社會對於變性問題的嘰喳喳嘰，處在步步爲營愼防地雷四面埋伏，隨時隨地引爆的危機。

後來，每隔一段時間就有機會看到「上海金星舞蹈團」的演出，也發現觀衆態度的逐漸改變，不再以偏見和獵奇的眼光去看舞台上一個跨性別的人，顯而易見買票進場的觀衆是逐漸接受了金星作爲表演藝術家的身分，是她的藝術創作、對舞蹈的那份純粹、狂熱的赤子之心感染並扭轉了觀衆的視角。

使我感動和難忘的是二〇一二年二月在紐約和金星的又相逢。那天，我的摯友也是紐約時報資深舞評人安娜（Anna Kisselgoff）約我去切爾西區 Joyce Theater 看當晚「上海金星舞蹈團」以「上海探戈」爲命題的演出。那幾年隨著舞蹈大師的凋零，我對看舞蹈演出的興趣也隨之淡了，興趣轉到了看歌劇上，所以沒有注意任何舞團演出的消息。依稀記得「上海探戈」是金星二〇〇三年創作的作品，取材於作家曹禺《雷雨》中的情節，金星作了故事提煉，用舞蹈詮釋一個女人和三個男人之間微妙又複雜的關係。很想見一下久違了的金星和她的作品，欣然同意與安娜前往。時間尚早，我們在觀衆席上看節目單，對安娜是專業必修課，我則想瞭解一下節目內容，不料安娜在看舞團介紹時發現了這樣的字句（大意）：我最應當感謝的是那位前港臺電影演員，她回到本行在美國學習現代舞，然後用一己之力在中國充當現代舞推手，沒有她的幫助和努力就沒有今天舞台上的我。雖然並沒有指名道姓說出名字，但我心知肚明金星指的她就是我，知情的明眼人如安娜也一目瞭然。因爲來的太意外，我有點五味雜陳。畢竟金星不知道我人在紐約會來看演出，節目單上如是寫，無非是抒發內心的感念之情。

2012 年金星在 Joyce 劇院演出海報前。

這些年來我在中國嘗受了多次「不愉快」的經驗，對表演藝術圈中不尊重知識產權、剽竊、過河拆橋以及對人毫不尊重的狀況，因深受其害故深惡痛絕。一開始我悲憤、沮喪不已，但一次又一次的重蹈覆轍的被羞辱傷害，無可奈何之下開始心灰意冷，同時也意識到人性的脆弱和缺陷，於是決定遠離烏煙瘴氣，乾乾淨淨過自己的日子，幹自己想幹的事。

感動金星的重情又重義，演出結束後我去後台向她道賀，她驚喜的緊緊抱著我，約好第二天請我在韓國餐廳共進午餐。

共進午餐時，第一次見到漢斯（Heinz Gerdp）金星的德國丈夫和她姐姐，也頭一回知道金星是朝鮮族人，一口的朝鮮語跟姐姐交談，點韓國菜也頭頭是道。記得那天飯局是三娘教子，高挑的漢斯收斂又溫文爾雅，溫柔深情的眼睛沒有離開過愛妻一刻，我們三娘笑語不絕，聊的爽快、愉快、痛快。因爲晚上金星還要再演出，不易太勞累，午飯後我就告辭了。

二〇一六年是「中國舞蹈之母」戴先生愛蓮一百年冥誕和逝世十週年紀念，我用兩年的時間寫完《說愛蓮》，書中記錄下她不凡的一生以及與我亦師亦友的情誼，專程去北京參加了出版和紀念活動。之後，帶了《說愛蓮》飛上海跟金星聚，那時她已經開啟了脫口秀節目「金星秀」，由上海東方衛視每周三播出，節目大實話大聲說，又關注民生問題，討論中國老百姓最感興趣最關切的事，深得民心廣受普羅大衆喜愛，金

（左起）費翔、金星、安楠在「金星秀」中翩翩起舞。

星紅得發紫。爲避人耳目，我們就在一家她熟悉的法國餐館進餐，記得那天她談到了「人怕有名豬怕肥」的體驗，盛名之下招惹來的各類煩惱。

過去的幾年，我們左邀右約都因爲不同的原因無法相聚，適巧今年夏天我們同時在歐洲也同時有閒，應金星邀約我飛去了義大利南方城市Brindisi，住入她家在Pulia區美輪美奐海邊的莊園。一週的時間飛逝、飛馳、飛快過去，人之相知、貴在知心，我們談天談地談妳、我、他，這種毫無保留坦誠相見，感懷、憶舊同時發表對人對事的看法和觀點，各抒己見而又如此契合都是始料不及的。相處時不經意間發現，我們同樣擁有不忍卒睹，扭曲的腳趾和突出的腳踝骨，也許這就是舞者必須付出的代價。閒談中發現了不可思議的巧合，漢斯與我的大兒子繼成居然是同年同月同日生。他們馬上主動要我邀約繼成全家明年春天到義大利莊園來和漢斯同慶生日。

我比金星年長二十一，舞蹈界屬前輩，大概金星尊老罷，這之前不敢當我面「胡言亂語」。近年來雖然風聞金星作爲脫口秀主持人，她的霸氣、毒舌、愛憎分明和一針見血，在海內外華人世界風靡一時，但除了新聞平時我不看電視，沒有機會見證。這次聽她無拘無束的表達，算眞正領教到她的敢想、敢說、敢幹，領會了她的冷幽默和酷。繪聲繪影的精彩描述，一語道破眞相的機智，一週中逗得我每天笑得樂不可支，不記得一輩子笑過這麼多笑得那麼大聲。我們都懂得生活不在別處，生活就在此處的及時行樂，格外暢快地聊得過癮、吃得過癮、喝得更過癮。

2022 年夏，坐陽台上享受黃昏時刻。

看事識人火眼金星是豐富生活經驗的積累，智慧的結晶，更是上天賦與的才能。我好奇的問：「舞蹈演員一般四肢發達但不善詞令，是什麼原因使妳走上脫口秀道路？」

「賺錢養家、養舞團。」金星簡潔的答。

原來她在二〇〇六和〇七年之間在上海辦國際舞蹈節，結果遇人不淑賠損四百多萬，雖然漢斯傾囊相助令她感動莫名，但總歸不是緩兵、長久之計，她相信變則通，需要在影視圈兼職來補貼虧空。面對挫折她依然樂觀，冥冥之中想到當主持人很對胃口，她是一個急性子的行動派，馬上付諸於實現。她解釋作為舞者與脫口秀主持人兩者完全無關，以主持人身分說話時，她選用最淺顯易懂最直接的語言，如街上跳廣場舞的大媽，一反傳統主持人的和諧優雅，而談的是人人都懂的接地氣的眞知灼見，將視線從巨大、遙遠，聚集到近距離的眼前；作爲舞者，她要觀衆看她台上的優雅風采以及欣賞她的藝術……她十分慶幸給自己留下了精神家園——舞蹈團，舞蹈創作使她得到了至高無上的靈魂自由！

這次近距離的與金星接觸，瞭解她絕對是把家庭和孩子放在事業之上。她認定：選擇了認養就負責到底，願意爲自己的決定付出一切代價。

當年，漢斯在巴黎飛往上海的飛機上對金星一見鍾情，而對她的身分一無所知。那時，金星已經領養了三個孩子，長子四歲金梓雍（Leo）、女兒三歲金梓鴻（Vivian）、幼子一歲金梓雄（Julin），領養三個孩子的邏輯是：一個孩子太寵、二個孩子攀比、三個孩子開放而自由，作爲單親媽媽她一切親力親爲，還有舞團需要管理操心，每次出門演出都感到對孩子愧疚而魂不守舍，急需要富有愛心之人，全心全意地照看孩子。

舞者金星。

而漢斯在得知金星從實招來的故事後，不但沒有退縮，反而爲了使金星無後顧之憂，毅然決然地辭退了在法國公司的工作，當起了全職父親，愛妻的堅強後盾。金星告訴我：「我不以爲漢斯是繼父，因爲我不是生母，我們都對孩子視如己出，從小他們就知道不是親生的，也知道我的跨性別身分，我們坦然對待，孩子們也坦然接受。」

漢斯的嗜好是攝影，於二〇二一年出版了黑白攝影集《imagination》，我仔細看了照片和圖說，對他的洞察力和敏感的視覺觸覺讚嘆不已。在他們家有機會看到每年一本的家庭相冊，漢斯將照片一張張仔細貼好，每一張還都註明了圖說，那份細心、愛心令我動容。他們同心協力撫養孩子成長，從幼兒園到高中畢業，孩子們沒有上私立或國際學校，就在普通公立學校就讀。「吃好、玩好、學好，是我對孩子的唯一要求。」金星用自豪的語氣告訴我。

遺憾的是這次沒有見到他們的孩子，原來都去英國打暑假工了，我稱讚他們教育培養孩子自食其力的好習慣。照片上孩子們之間相親相愛，家庭生活十分溫馨和睦，奇特的是三個無血緣的孩子居然長得像親兄妹。我最喜歡的一張照片是二〇一八年八月八日十八點十八分金星與漢斯舉行婚禮，在義大利家中台階上拍的復婚照，站在父母中間的三個孩子是他們的證婚人。金星和漢斯的婚姻早在二〇〇五年，但因爲孩子超生、國籍、就學等等問題，不得不在第二年辦了離婚手續，等孩子們成年後，一切問題迎刃而解，所以復婚。金星相信數字，因而選了這個良辰。

二〇一八年八月八日十八點十八分金星與漢斯在義大利家中台階上拍的復婚照，父母中間的三個孩子是他們的證婚人。

2018 年達沃斯論壇中左起安南夫人、安南、金星、漢斯。

看到金星在二〇一七年瑞士冬季達沃斯（Davos）世界經濟論壇（World Economic Forum）上，有自信和底氣的照片，才知道她於二〇一七年，中國主席上午演說，她下午發言；二〇一八年，美國總統上午說演，黃昏時，她作爲四位藝術家之一，一起作了論壇終場；二〇二〇年達沃斯論壇頒發「水晶獎」給金星，表彰她爲弱勢群體發聲，爭取公平權利的努力，是致力於通過藝術和娛樂改善世界狀況做出貢獻的藝術家。

金星領獎發表感言時說：

「我們生活在一個充滿活力和快節奏的時代，人們爲日新月異的創新著迷和激動。然而，我們忘記了作爲人類，該如何重視個人思維、個人行爲和個性！

在十九歲之前，我的未來已經由別人決定了，父母、家庭、政府、社會，每個人都告訴我，只要跟隨，走分配好給我的道路。但在那個年紀，我開始意識到：必須把自己的生命掌握在自己手中，這使我踏上了一段艱辛和具有挑戰性卻有趣且迷人的人生征途。

這使我成爲自己，並導致在此接受這個獎項。相信當今的社會，極需有異類，有能力挑戰規範，突破界限。我教導我的學生和舞者，甚至我的孩子：爲人要敞開心扉，眞誠對己，尊重他人，不求完美，特立獨行，與衆不同！

感謝世界經濟論壇通過這個獎項承認我所代表的：與衆不同！」

這個論壇是一個有遠大目標的非營利組織，歷次論壇均聚集全球精英，討論新世界秩序和大重啟，然而「達沃斯人」成爲了一個新詞，用來形容這些位高權重、富有的精英階層男性，是現實生活中不輕易能見到的大人物。而金星作爲特殊女性榮獲殊榮，眞爲她驕傲。遺憾的是因爲疫情漢斯未能出席「水晶獎」頒獎典禮，他爲愛妻的無私奉獻功不可沒。

這次去義大利度假意外的發現金星有語言天賦，她完全能用義大利語跟管家溝通，並有條不紊的分配工作，跟隔壁義大利鄰居談天說笑，對牽線當紅娘一類的事也樂此不疲，她說許多微小的行爲，都會爲他人帶來愉悅。我好奇的問她上義大利語課了？她笑說自己膽大包天，什麼外文都沒學過，只是敢說而已，敢在國際論壇全程英語發言，爲了跟婆婆漢斯母親交流會德語，爲了生活方便會義大利和法語。她告訴我二〇一九年在巴黎置了家，也註冊登記了「巴黎金星舞蹈團」和私人電視台，想在法國重啟二〇一七年八月中斷的「金星秀」，她的道理很簡單「人挪活、樹挪死」。

蝴蝶破繭而出，自由的搧翅飛翔，美麗的外表下有顆堅韌強大的心，冰冷的刀子口下有顆熱豆腐心，對世事明察秋毫下又包容著同情與憐憫，清晰的自我認識下使她想的透說的明。有機會讀到金星於一九九七年她本命年時完成的書《夢蝶》，書中眞實又坦誠的記錄了她從出生到三十六歲的一個生理和心路歷程。爲了不允許改變自己的聲音，在做喉結手術時，不打麻藥，她說：「這個聲音是屬於金星的，疼痛不重要，重要的是對生命的信念，信念戰勝了所有一切。看到一條路，知道自己必須走，就堅

《日出》演出海報。

持勇往直前。」

讓我感悟良深的是這段：「我的人生準則是順其自然。雖然我做了一件不自然的事情，但我覺得也是順其自然的結果。我對我的選擇只有兩個字的評價：誠實。……我要對金星兩個字誠實，對自己的生命誠實。」

臨別時告訴我「上海金星舞蹈團」將會在今年九月中至明年一月中在全中國巡迴演出，每週在一個城市演出兩場曹禺先生《日出》和一場現代舞晚會。舞蹈劇場《日出》是金星首部自導自演作品，她一人在劇中分飾陳白露、翠喜兩個角色。無疑的是貫穿全劇始終的現代舞表演，是金星舞台劇創作優勢，也是這個版本《日出》的一大亮點。

我們相約在半年後，兔年春節巴黎見，她說在巴黎塞納河西岸的家，看出去一面是羅浮宮代表了藝術，另一面是巴黎聖母院代表了宗教，而中間面對的是最高法院代表了正直與公平。

金星在巴黎家客廳中有一隻很大的蝴蝶藝術品，期待去她家中觀賞。

（以上文字於二〇二二年八月完成，作爲給金星八月十三日五十五歲的生日禮。）

金星——蝴蝶破繭而出（下篇）

轉眼之間兔年到了，我們如約在巴黎相聚。嚴歌苓與金星在英國牛津一次會議上有緣見面，他們夫婦在巴黎置了公寓，歌苓樂意參加這個中國兔年聚會。

說回緣起，數月前在金星義大利家度假時，青霞打電話給我，我告訴她正在金星家享受陽光、美酒和歡笑，她的第一反應：「我不認識金星，但非常欣賞她，下次你們什麼時候再聚，我能參加嗎？」「我們已經約好了，春節一起在巴黎慶祝！」「那我也要來呵！」毫無疑問的是金星的答覆：「歡迎大美人！」

我的左腳不良於行很久了，需要動手術，因爲疫情的緣故，瑞典醫院太忙，暫時排不上日程，一直在等待中。青霞擔心，因爲她爲了這個聚會作了「犧牲」——放棄了跟家人一起赴澳洲歡渡聖誕、新年的計劃，還請了御用攝影師夫婦陪伴她來巴黎。我讓她放心，從來都不會放朋友鴿子，也暗自期許不要跟我們的約會撞期。不料，在紐約意外接到通知，將於二〇二二年十二月中做手術。問清楚了一個月後旅行沒有問題，我才同意手術如期進行，否則不知道又需要靜候多久。匆忙買了機票飛往瑞典。

事出意外的是一月初嚴歌苓在柏林家中游泳池旁滑了一跤，左腳踝粉碎性骨折，手術後需要複查，無法如期與會。

結果青霞一月十二日到巴黎先會其他朋友，漢斯受命於老婆，送了鮮花到旅館歡迎她；金星在中國巡迴演出《日出》結束後，先去瀋陽探親，於一月十八日抵巴黎；一月十九日，我左腳穿著特製的鞋，兒子送我到機場，然後坐著輪椅上了飛機直飛巴黎。

青霞一向細心周到，早就定好了她住的酒店餐廳，十九日當晚宴請大夥，也好互相認識。二十日小年夜，金星安排在家中，由他們老友善烹飪的瑞士籍夫婦Sieglinde、Gerold Simburger任大廚，夫婦倆在上海住了十七年，看著金星和漢斯的三個孩子成長。我們在樓上先喝香檳，然後下樓吃精美大餐，好吃好喝，賓主盡歡到凌晨。

本來早就和精於廚藝的歌苓說好我們倆一起合作，給大家做頓傳統中國年夜飯，當然現在我殘兵、她潰將，不可能履行諾言。在瑞典預定了四公斤燻三文魚刈水和自製了一大盒琥珀桃仁當手信，還好兩樣都頗受歡迎。託青霞帶來香港天地圖書出版的《食中作樂》送給金星，是江青文、亞男圖，疫情中兩人合作出的書。一看圖像金星驚豔，問：「亞男在哪兒？請他趕緊過來給我們這個難能可貴的聚會拍照。」我當場給在瑞典的亞男打電話，亞男受寵若驚，幾天後發短信給我：「奈何工作時間挪調不開，看來此行只能是遺憾了。很珍貴的機會，充滿傳奇的故事，來日方長，合十期待！」

「巴黎金星舞蹈團」已經開始運行了，目前有十位舞者從中國來巴黎，春節過後赴比利時排練。金星邀請她口中的孩子們——舞者，提前來巴黎遊玩共度春節，大兒子金梓雍也特意由英國回家探望父母。金星精心安排：年夜飯，在中國餐廳定了包間，席開五桌宴請親朋好友、各路人馬；年初一，乘遊船夜遊巴黎，在船上吃晚飯。我跟舞者同桌進餐，年輕人個個熱情洋溢，我講了舞蹈先輩戴先生愛蓮的故事，大家聽得入迷，馬上上網訂購我寫的《說愛蓮》，我也很高興有機會瞭解舞者們習舞和加入金星舞團的經歷，舞團中資格老的舞者孫主臻告訴我，二〇一二年在紐約 Joyce 劇場演出時跟他們合影過。

一月二十二日年初一林青霞發布照片，上寫：「西施帶著兩個東方不敗在巴黎跟大家拜年祝大家吉祥如意！」照片我坐在中間，青霞在左、金星在右，三人抱拳作揖，正上方就是那只美麗的大蝴蝶。而金星發布的照片寫：「『上海金星舞蹈團』舞者與青霞姐一起在巴黎共度除夕夜，喜迎吉兔年！」金星說：「對不起江老師，你明明坐在一排中間，但我必須把妳的名字刪了，照片才發得出去。年初一清早我試發了多次，

夜遊巴黎。江青右二，與舞員和亮燈的鐵塔。

老是被打回來，猜想大概又是『江青』這個敏感名字在作祟，一刪江青立馬通行無阻！」青霞接口：「嗨，還是我有先見之明，只寫角色的名字，一律不用姓名就避免了麻煩。」我無言以對，對這種現象我早已司空見慣，也就不大驚小怪啦。

無奈之下不得不聯想起二一三年廣西師大出版了我的第一本簡體版書《江青的往事、往時、往思》，看了媒體報道，我發牢騷：「我在海外周遊半個世紀之後，感到中國許多讀者感興趣的不是我的藝術實踐和人生經歷，更多最感興趣還是我的名字，和名字背後的離奇命運。」有多篇報道出版新書的消息，文章標題千篇一律和名字有關，無外是：「舞者江青的同名之累」、「江青陰影下的江青」、「我是江青但不是那個『江青』」、「半生悲喜皆名累」……三百多頁的書，其他內容幾乎全忽略了。現在已經是二〇一三年了，我的名字仍然在敏感詞中不能輕易放過！

歌苓禁不住誘惑，年初二與夫婿來瑞（Lawrence Walker）趕來巴黎湊熱鬧。和我一樣是在機場做著輪椅來的，她左腿打了石膏固定外，還需要柱著拐杖支撐著，用右腳跳行，打趣說我們四個人目前只有六條腿。我說：我們倆各少一腿，在巴黎既不能逛街也不能參觀博物館，所以到哪裡就先把腳高高翹起，避免傷處腫脹，吃、喝、聊、笑全不耽誤。所以那幾天大家輪流作東，去好吃的地方嚐「鮮」。不得不提，最令我印象深刻的是來瑞寵妻——歌苓，到任何地方他都帶個小背包，秘密是內裡放了一小瓶辣醬，是歌苓佐餐時無辣不歡的必備，一入座，來瑞極自然、自動的從包中取出小瓶，

2012 年金星舞蹈團在紐約 Joyce 劇院門口合影。

兔年吉祥如意！西施（中）與二位東方不敗（SWKit 鄧永傑攝影）。

上海金星舞蹈團舞者與林青霞（前左二）一起在巴黎共度除夕夜（這是刪了江青〔前右二〕的名字才能發的照片）。

讓我羨慕不已，跟歌苓平時講上海話，忍不住說：「儂眞格好福氣！」

我們聚、我們聊、我們笑、我們喝，大家毫無保留的談經驗、觀點、喜惡、愛憎，永遠不缺話題。我和歌苓是傷兵無法表演，餘興節目由二位東方不敗，或稱他們爲哼哈二將擔任。今年春天四月三日，青霞將要接受香港大學頒贈的榮譽博士學位，我們其他三人都是專業舞蹈出身，青霞想在我們面前排演一下頒獎禮出場和鞠躬致謝的儀態，謙卑的要我們指點。金星自告奮勇示範，因爲她已經得到過兩所大學頒贈的榮譽博士：英國普利茅斯大學達廷頓藝術學院藝術榮譽博士（Doctor H.C. in art from Dartington college of Art at University of plymouth），以及蘇格蘭皇家音樂學院榮譽舞蹈博士（Doctor H.C.in dance from Royle conservatory of Scotland）。金星駕輕就熟的卽興表演了好幾招。

金星在瀋陽、歌苓在成都，同樣有軍隊歌舞團背景，會跳上世紀雄赳赳氣昂昂的舞，配上鏗鏘有力歌聲，當然只有金星獨舞，青霞忍不住跟著學，我笑得前仰後合，但同時憶及前塵往事的不堪回首！

在金星極力推薦下，我們一起去逛了在巴黎頗富盛名的古董市場 La Serpette，金星家裡有許多別出心裁的物件，大鏡、吊燈、燭台、地毯、桌椅板凳，都是古色古香的法式，原來她和漢斯都喜歡去這個據說是世界上最大的古董市場購物。我來過巴黎多次，完全不知道它的存在。青霞家裡從佈置到用具，連最小的細節都由好友電影藝術指導張叔平全權負責搞定，這次被金星鼓動，也想去逛一逛。一進去才知道規模之大，眼花撩亂，可惜我的腳不爭氣，只能望洋興嘆，找個咖啡店坐下等候，好心的 Sieglinde 非要陪我，而放棄了逛商舖的機會。

二十四日吃了法國傳統餐廳晚飯後，我們回到金星家齊聚客廳，金星冷不防的拿了件精美別緻的長大衣出來，面料是黑色喀什米爾羊絨，裡子則是典雅的暗墨綠色綢緞，面料上精工細繡了不同的圖案和奇花異草，一看就知道是純手工製作，素雅、大氣、又雍容華貴。金星說：「青霞姐，我觀察了妳好幾天啦，覺得這件會合適妳穿，等今天才拿出來。這件大衣是我自己設計，讓我的上海裁縫做的，是預備好給妳的見面禮。青霞立馬穿上，完全像量身定做般合適。青霞將脫下的兩面穿黑絲絨和桃紅緞的「上海灘」短襖給了金星作爲交換禮物。

一月二十五日長子金梓雍要回校，早餐時，媽媽金星一反常態，輕聲細語地在噓

江青（坐）（後左起）金星、青霞、歌苓（SWKit 鄧永傑攝影）。

寒問暖兒子在外的生活，爸爸漢斯囑咐兒子整理行李時不可丟三落四，最後仍然不放心，親送兒子去火車站。我在一旁慨嘆：可敬天下父母心！

一月二十六日我們作客的各奔東西打道回府，主人也要在大家鳥獸散的第二天和舞團演員們一起赴比利時開始排練。二十五日晚我們聚在金星家惺惺惜別，約好下次再見，當是齊來觀賞「巴黎金星舞蹈團」新作品展演。我期盼著！

金星仍然有無數的夢想待以實現和完成。本來蝴蝶的歷程充滿了生命的傳奇，每個階段都有截然不同的面貌，金星牢記記牢了蝴蝶破繭而出的艱辛。祈願她孜孜不倦的付出，會引領境界上的自由飛翔，藝術上的展翅高飛！

二〇二三年三月十八日於瑞典

思、事、時——記紐約公共圖書館世界文學節訪談

我榮幸受邀，作爲二〇二三年紐約公共圖書館世界文學節，中文座談嘉賓。爲了這個讓我一方面感到禮遇和勉勵，一方面又感到誠惶誠恐，對自己走過的道路和經驗，不得不檢顧、審視一番。

當我去年接到圖書館邀請時，感到自己不夠資格，雖然已經出版了八本書，還創作了一些電影、舞台劇本，發表了一些文章，但跟文學仍然有距離。負責訪問我的張鴻運先生是圖書館中文部資深負責人，告訴我他們是比較全方面考慮人選，我在美國華人世界中的影響力，參與的領域包括了演藝、舞蹈、寫作三方面。圖書館在文學節登記報名網址上這樣寫：

江青是位多才多藝的演員、舞者、編舞、導演、作家、美食家。我們將訪談其創作的心路歷程，創作的動力以及其作品的風格。

世界文學節海報。

訪談於四月二十九日下午兩點開始，那天天公不作美，傾盆大雨與風雷交加，電梯又出了故障，而一百零一歲的母親風雨無阻，在弟弟我的小舅陪伴下到達，雖然座談推遲了一刻鐘，但母親入場時，還是得到了熱烈的掌聲，張鴻運先生馬上說：「江青母親是今日座談會上特別來賓的特別來賓！」引起一陣哄笑。

一開場，開門見山的問題：「演藝、舞蹈、寫作，三者在您生命中的比重，何者成就較高？」

答：「我並沒有成就感，對於我從事的演藝、舞蹈、寫作是人生中不同的階段和三條軌道，我走在每一條軌道上工作時很努力，抱著精益求精、力求完美的態度，當然世界上沒有完美。我清楚的知道這和我早年舞蹈訓練有關，練功沒有捷徑可行，一點長進都是刻苦練習，點滴汗水灌成。從小練舞養成了我的自律性，演藝、舞蹈、寫作，其實從事任何專業都需要自律。」

張鴻運詼諧地說：「以前的七仙女，現在幾十年下來已經修成正果，變成了法相莊嚴的王母娘娘了。」禁不住我給逗笑了。緊接著他要我談一下寫作的緣起。

江青在談，主持人張鴻運在聽。

寫作緣起於一九八九年的北京天安門「六四」。像許多在海外的中國人一樣，那年從四月中開始至六月初，我日日夜夜守在電視機旁注視著天安門廣場中年輕人爭取民主自由的訴求行動，魂不守舍之下激動、興奮，然後六月四日那天的槍聲，像一次黑夜中的雷電當空劈砍下來，擊在我的腦門上，像被坦克碾壓一樣錐心的痛。六月九日我領著不足五歲的兒子漢寧，到紐約哈瑪紹廣場參加三萬多人在狂風暴雨中抗議「六四」天安門事件的遊行。此後，我在似睡非醒的狀態下，失眠三個月，為了設法使自己平靜，終於坐下來攤開紙，筆下聚攏起「天安門」三個字，寫下了我童年時期永恆的夢——對北京和天安門所有詳盡的回憶，其中有思考、有時間、有事件，我如夢遊般的在轟散的殘片上、炸碎的粉末堆中，徘徊、尋覓、搜索……大概搞抽象的舞蹈創作太久了，在平實地記下自己過去的實際經驗的過程中，似乎聽到了腳踏實地的聲響，就一路往下走。其中，〈西出陽關〉，寫第一支現代舞《陽關》的創作心路歷程；〈兩鏡之間〉，寫舞蹈大鏡與電影鏡頭的差距，還有〈難忘的演出〉等等，寫了近兩年時，發現已經陸陸續續的寫了十章，可以說是無心插柳柳成蔭，一九九一年在港台出版了第一本書《往時、往事、往思》。

母親是第一位讀者，因為這本三百五十多頁的書是她親手抄的。我的字龍飛鳳舞沒人能看懂，她也花了兩年時間謄稿，我反反覆覆修改她就覆覆反反改修。這些文字大部分在瑞典海邊的木屋中書寫，一邊寫一邊越發感到人與大自然一樣，自有內在的平衡。

這裡的夏季，白晝侵占了大部分的夜晚；而冬季來臨時，白晝又毫無條件地將多半的自己讓給了黑夜。自己在長期搞抽象舞蹈創作後，內心產生的一種對平實的需求。

演講廳圓桌上陳列的江青著作。

接著我特別想談書中的第二章〈名字〉。我在海外周遊半個世紀之後，感到中國讀者感興趣的不是我的藝術實踐和人生經歷，最感興趣還是我的名字，和這背後的離奇命運。大陸的媒體有多篇報導出版新書的消息，標題千篇一律和名字有關，無外是：「舞者江青的同名之累」、「江青陰影下的江青」、「我是江青但不是那個『江青』」、「半生悲喜皆名累」……三百多頁的書，其它內容幾乎全忽略了，所有文章都圍繞著「名字」打轉。

一九四六年我在北京出生時父母給我取的名字是江獨青，一九五四年從雙名改成單名江青是有原因的。

姓名正中間的那個「獨」字：獨吞、獨享、獨自、獨霸、獨裁，都是絕對的個人主義，沒有大公無私的精神。外公在上海開辦國潤小學，母親任校長，一九五四年我八歲，爲響應當時的「自我改造」運動，主動提出將「獨」字在我的姓名中去掉，也就是想鋤去自私自利的根，萬萬沒有想到改名會受同名之累，而一輩子惹是生非！

十七歲那年我入影視界，「青」是單名，易記、易上口，所以沒有取藝名。那時我才知道原來毛澤東夫人的名字也叫江青。我第一次任主角的影片《七仙女》，一九六三年在港台打破賣座紀錄，我的名字也就開始在報章、雜誌、影劇新聞版上熱鬧起來。但在處理我的新聞時，用我的名字做標題，需要特別謹慎。當年台灣報禁還未開放，媒體最禁忌江青這兩個字，但基於事實現狀，只好將我的名字用這岸這個江青和對岸那個江青來區分。

江青舞蹈團是一九七三年在紐約成立。一九七八年第一次應邀到香港參加第三屆「亞洲藝術節」演出，這是舞團成立五年以來第一次需要印中文節目單。香港市政局在海報和報紙上的正式廣告中，用了長又累贅的「紐約江上數峰青舞蹈團」爲舞團名字。

一次又一次提出回中國探親的申請，都如石沉大海，後來我找上了中國紐約聯合國代表團有關人員，私下探聽一下究竟，才知道又是被「江青」加害。

一九七八年初，中國科學院邀請比雷爾（Birger Blomback）訪問講學，那時我們已經相識了近三年。我倆都已不年輕，結婚與否與彼此的關係毫不相關，但此時基於現實所需，決定盡快把結婚手續辦了，婚後我可改姓 Blombäck（彭貝克）。這樣我以隨行家屬身分，又填了一份申請去中國的簽證表格，中文姓名一欄中我填青・彭貝克。靈驗得很，我的旅行證件上第一次蓋上了中華人民共和國入出境簽證的印戳。

一九七九年下半年，中國舞蹈家協會和北京舞蹈學院邀請我在次年春季回國作巡迴演出。一要公開演出，名字就又成了件傷透腦筋的事。一九八〇年等我到了北京，看到演出節目單，才知道陳錦清院長送了頂草帽給我戴——「青」字上面加個草字頭，成了戴草帽的「菁」（念精）。

第一次看到我的眞名在中國大陸出現是一九八六年第八期的《電影世界》上，歷屆金馬獎簡介專欄中介紹得獎影片，我主演《幾度夕陽紅》得最佳女主角金馬獎。看了這段新聞，我眞正地意識到，大陸上人們的精神開始鬆綁了，就像我的名字一樣，被軟禁了這麼多年，現在才釋放出來。

一九八七年的初夏，我回中國作全國八個都市「江青現代舞獨舞晚會」巡迴公演。這一次卻光明正大地在戲院對普羅大衆售票，沒有一個主辦單位提出要我修改名字，負責接待我的工作人員說：「你的名字特別容易宣傳和售票，在中國經濟改革，自負盈虧的政策下，『江青』名字又開始佔便宜了。」

〈名字〉一章是一九九〇年寫，文章結尾寫：希望這個故事不再繼續下去，更不可重複。

不料三十年後，二〇二〇年出版《我歌我唱》，書中又要寫名字故事的續篇〈名字江青形影相隨〉。絕沒有想到我參加了室內歌劇《紅朝女皇狂想曲》（Fantasy of the Red Queen），歌劇是柏林世界藝術節委約創作。誰是紅朝女皇？那個跟我同名同姓的江青。編劇和作曲是才女劉索拉，她在劇中並飾演江青；我與劉索拉聯合執導，並負責編排舞蹈。索拉說：「這個江青參與創作那個江青，本身就是件挺好玩的事，我是以政治上的那個江青當腳本，邀請這個藝術家江青合作。這也是兩個江青一次神奇、最直接的交會。」

歌劇《茶》譚盾作曲我擔任導演、編舞、舞台設計，二〇〇七年中國演出公司「相約北京」項目負責人，看了《茶》在瑞典皇家音樂廳演出，當場邀請我給二〇〇八年京奧文化項目排。開排第一天，比雷爾在瑞典入醫院，我在北京摔斷了腿，坐在輪椅上工作，排練八周中，我在北京和斯德哥爾摩往返九次。離上演兩週前的一天，接到朋友電話：「全北京都在宣傳《茶》的演出，海報、廣告、媒體上，怎麼沒有江青的名字？」結果，沒有任何人擔當責任，唯一的解釋是：「爲奧運，這是非常時刻，一切都需要加倍小心，因爲江青的名字出絲毫差錯，沒有人負得起責任！」

爲了抗議對「人」的不尊重，一個藝術家竟然沒有姓名使用權。首演結束後，我沒有上台謝幕，這是我演藝生涯中唯一的一次。之後寫了篇文章〈京奧容不下一個「江青」？〉，得到的懲罰是中國版《茶》就此停演，多少人力、物力、財力的投入全部付諸東流。

今年兔年去巴黎跟好友一起過春節，年初一林青霞發布照片，上寫：「西施帶著兩個東方不敗在巴黎跟大家拜年！」而金星發布的照片寫：「『上海金星舞蹈團』舞者與青霞姊一起在巴黎共度除夕夜，喜迎吉兔年！」金星說：「對不起江老師，你明明坐在一排中間，但我必須把妳的名字刪了，照片才發得出去。年初一清早我試發了多次，老是被打回來，猜想大概又是『江青』這個敏感名字在作祟，一刪『江青』兩個字立馬通行無阻！」青霞接口：「嗨，還是我有先見之明，只寫角色的名字，一律不用姓名就避免了麻煩。」對這種現象我早就習以爲常，也就不大驚小怪了。

不知不覺中，也不知什麼時候，我竟養成了一種習慣性的直覺，把自己的名字當做一個溫度計去測量中國大陸政治氣候。爲了作訪談，認眞的張鴻運先生熟讀了我寫的八本書，他感興趣的問題是：「您的舞蹈作品中有很多取材於中國古典文學，請談如何將文學作品轉換成肢體語言的舞蹈創作？」

在這裡，特別想談一下我與高行健在八十年代，遠在他二〇〇〇年得諾貝爾文學獎之前的合作。

一九八六年的夏末，無意中看到高行健寫的劇本《彼岸》，讀畢讚賞，說不出的驚喜。於是一口氣找了他所有的劇本來讀。《彼岸》雖是齣抽象的戲，但其中表達的理念非常有哲理。他並不編排故事，只是在劇中展示人生的一些經驗與感受。這種極單純的舞台形式和意念，與我一九七五年在紐約創作的現代舞作品《……之間》的構想竟不謀而合，使我頓感找到了知音。雖然我的舞蹈創作是抽象的形體，但我幾乎感到《彼岸》劇中有些詞句，再三強調的「我」與「你」，是我當年《……之間》創作構思時的思維過程和潛台詞。

當時我正在構想排演《大劈棺》爲題材的綜合舞蹈劇場，劇中我想提出一些個人的疑問和看法。當時我只知「舞蹈」不知「舞文」，於是想請人爲此構想寫劇本。

寫信到北京人民藝術劇院毛遂自薦找到了高行健，希望跟他取得聯繫，有生之中僅此一次自薦經驗。一九八七年我在全中國有八個城市的現代舞獨舞巡迴演出，北京是最後一站，我們相約北京，他看了演出後的當晚見。我們幾乎徹夜討論，從酆都的鬼城一直談到人性。一星期後就有了大框架。

我坦誠告訴高行健，長期以來我就在思考《大劈棺》莊子試妻值得重新劈開的想法。

總的說來，大的問號有二：

一、由基本的人性作出發點，試圖解救旁人痛苦的人有罪嗎？

二、如果按照原來的故事，莊妻是「有罪」的話，那麼有意設圈套，把人性中的隱蔽的另一部分誘導暴露出來，而導致對方「犯罪」的人的本身，對這個事件的發生有沒有責任？有沒有罪？

大概他也覺得我們這生活在彼岸的兩人並沒有溝通之間的隔膜，所以也就欣然同意合作，他舞筆我舞蹈，最後作品爲舞蹈劇場《冥城——莊子試妻新釋》香港舞蹈團一九八九年首演。

在討論大劈棺同時，我又產生了一個給自己編獨舞劇場的構思，因爲紐約占根漢博物館項目 works and proses（作品與進行），委約我一九八九年演出。我提出了以李清照的詞《聲聲慢》作爲獨舞劇作藍本的構思，那是基於我深深感到現代人在現實生活中內心孤獨、寂寞與困惑……，而《聲聲慢》詞起時「尋尋覓覓，冷冷清清，悽悽慘慘戚戚」，這一氣而下的十四個疊字頓挫悽絕，從字面到節奏都給予我很多遐想和啟發。

高行健對這一創作意圖也很感興趣，感到不但有文可「舞」，也有「戲」可唱，也就是說在舞台上可以將劇作通過表演，形像地體現出來。於是，他欣然承諾了對原詞作文學上的「變奏」的工作。在這個有五個場次詩劇中，高行健寫作時著重追求一種能夠傳遞節奏、情境的語言，有時甚至違反了正常的語法規則。

二〇〇〇年高行健獲得諾貝爾文學獎，得到消息時爲他高興得筆墨難以形容，他當時鮮爲人知，於是四面八方都向我打聽「此爲何人？」我馬上寫了篇文章〈自由在你心中！〉發表，祝賀行健！

忍不住講個連編都編不出來的故事：頒獎禮前幾天，行健在斯德哥爾摩有一系列的活動，我們在活動中見了面，他告訴我他的胃只適應中餐，怕在諾貝爾晚宴中要應酬吃不飽，結果我們商量下來，決定諾貝爾晚宴後來我家喝粥吃宵夜。但他不知道該如何處置他的隨行人員：翻譯、司機、保鑣以及他在世界各地請來參加盛典的嘉賓。深更半夜我家附近無處可去，所以建議：「就邀大家一起來我家罷，準備多些小菜，熬上一大鍋白粥，也替你還掉這幾天的人情債。」行健一聽馬上贊同：「我正在發愁，不知道該如何酬謝這次的工作人員，這幾天大家很辛苦也非常盡責，你這一來邀請大家，替我解決了難題，對遠方來的客人也有了交代。」

十二月十日頒獎禮那天，我跟比雷爾去了皇家音樂廳觀賞了典禮後就回家，繼續張羅諾貝爾盛宴後的家「宴」。已經過了大半夜，浩浩蕩蕩一個車隊，牽先的是幾輛黑色的勞斯萊斯，往水塔改建的我家公寓開來，水塔在坡頂地勢高，前面又是個小公園，冬天沒有密葉遮擋顯得頗爲空曠，車子排列在公園側的小路旁，由坡下直到坡頂，一時之間可以看到左鄰右舍的燈一盞盞點亮了，人們趴在窗口交頭接耳，不知道發生了什麼事？

訪談人張鴻運希望我談一下用西方古典音樂，馬勒作曲《大地之歌》的創作經驗。

舞蹈詩歌劇《大地之歌》的動機，來自馬勒的同名交響聲樂套曲（Des Lied von der Erde），這首樂曲分量之重，主題之龐大，都是我創作經驗中前所未有的。二〇〇二年我很慶幸，自己在步入暮年之前，有機會選擇創作這樣一個主題的作品。至於吸引我選擇這樣一個交響樂曲進行舞台創作，主要是它在內容上與中國傳統精緻文化密切牽連。馬勒選用了七首中國唐詩作爲六個樂章的歌詞。一九〇七年馬勒喪女，他在經歷了生命中悲劇性轉戾點的那年夏天，他的朋友波拉克向他提供了一本韓斯。貝特（Hans Bethge）編譯的德文詩集（中國之笛），其中約八十首古詩都爲唐詩。這位德國詩人在藉助他人的譯本「翻譯」唐詩，雖然有些篇章忠於原詩的內涵，但更多的是他本人的再創作，而馬勒最後從詩集中，選取了與自己產生強烈共鳴的七首詩詞，譜成六個樂章。在譜曲過程中，他又根據自己的感受及創作需要，更動譯文，對唱詞甚至標題都作了不同幅度的調整、更動和延伸。

《大地之歌》是香港舞蹈團委約作品，我一直希望能將原唐詩朗誦出來，但著手做案頭工作時，才發現和我的構想相去甚遠。新譯歌詞必須要具有詩意，在取德文歌詞內容的同時，將原唐詩所蘊含的意境也納入，此責除鄭愁予先生似乎不作第二人想。我和鄭愁予先生是三十年老友，他在美國耶魯大學任駐院詩人，與紐約距離不遠，我們經常有交往，也是酒友。他從事寫作現代詩逾四十年，對於中國傳統文化、古詩詞都有非常深厚的基礎，我本人多年以來一直是他詩集的忠實讀者。他是位嚴肅的現代詩人，語言文字極簡至美的同時，詩中也兼具悲天憫人的氣質。

男高音、女中音演出時用原德語演唱，但在劇中安排會傳統戲曲身段的盧燕女士飾演吟誦者，在舞台上用中文吟誦，使吟誦者不單成爲貫串全劇的一條線，同時也將馬勒創作此曲的動機來自中國古詩詞的這一特點突出。八月時盧燕女士到紐約來試排，愁予也來看排練，作爲舞台表演用的語言與印出來看的文字究竟不同，他邊看、邊想、邊調需要調整的部分，幾番下來終於完成了合乎理想的舞台演出文本。

在不眠不休的創作過程中，在嚐試剖析音樂、理解馬勒的精神世界的同時，也不覺地省視自己對生命的態度。

我的第二本書《藝壇拾片》出版於二〇一〇年，距離第一本書出版近二十年，張鴻運讓我談一下第二本書的寫作與出版經過。

二〇〇八年比雷爾辭世，我們相識相守整整卅三年，堅實的大地塌陷了，一旦腳下懸空了，頓時吊在半空晃晃悠悠的失去了方向。瑞典的冬天眞長、眞黑、眞冷。漫漫長夜中，我的好友挪威漢學家史美德女士提醒我：去找一件具體而又值得去做的事來做，一旦專心下來，就可以把腦子塞滿，時間塡滿。

搞新創作自知無心無力，左思右想的結果，似乎是將舊作整理出版，是個較比切實而又具體——既可以「打發」時間，又可以「分神」的好主意。從此我體會到獨自面對的重要，寫作是我的避風港。

後面寫了《故人故事》、《說愛蓮》、《回望》等幾本書，很多緬懷、憶舊的文章。朋友們好奇的問我有沒有寫日記的習慣：除了舞蹈創作筆記之外，我向無記日記和存留資料、相片的習慣。不料下筆時才發現：筆尖能記事的現象就像身體能記住舞蹈動作一樣。自己曾熟習的舞蹈片段，多年之後光想不動時，以爲一個動作也記不起了，不料隨著音樂試著舞動時，大部分的段落居然能自然而然地重現，雖然零星失散的成分也存有，但大輪廓還是不失的。正如筆下也會忘記一些事，有些事也許本來就該忘記，但至少筆下仍會記起那些該記得的和值得記得的事。

張鴻運希望我談談與艾未未的交往以及與他合作的經驗。

八十年代中期未未和譚盾初來紐約留學，兩人搭檔在格林威治村街角，未未畫肖像畫，譚盾拉小提琴討生活。由於一九八〇年我回母校教課，在北京和未未父母艾青夫婦同住北緯旅館，自我介紹後相處了一陣子，艾未未知道我認識他父母後，倍感親近，私下來往頻繁。

一九八七年紐約大都會歌劇院請我在歌劇《圖蘭朵》中擔任編舞和藝術顧問，導演 Franco Zeffirelli 先生要求儘量找東方演員擔任特約，於是我邀了未未、丹丹兩兄弟當上了《圖蘭朵》大都會歌劇院特約演員。

二〇一九年秋初，接到未未電話，約我談參與《圖蘭朶》羅馬歌劇院編舞的可能性，我在全世界做了多次此劇，有時同時擔任導演和編舞，音樂可以倒背如流，提出要知道他的構思再考慮合作。我們在美國聖．路易斯見面三天，他在博物館佈展。見面時未未一臉的興奮：「記得一九八七年妳邀我和弟弟丹丹在紐約大都會《圖蘭朶》中當特約嗎？這是我第一次接觸歌劇，以前以後都沒有啦！直到目前羅馬歌劇院找我導《圖蘭朶》，才會馬上想到妳，這本身不就是件有意義，很奇妙的事嗎……」三十五年後再合作，未未第一次導演歌劇《圖蘭朶》，證明了「藝術無疆」。

未未詮釋《圖蘭朶》，著眼點是難民的故事：主要演員：王子卡拉夫、國王鐵木耳、女僕柳兒是逃亡身分。

另外他決定音樂不用最後二十多分鐘，理由有三：

一、最後二十多分鐘音樂，作曲不是普奇尼。

二、柳兒爲了愛的人而自殺，劇情到此結束，可以突出愛的主題。

三、歌劇以大團圓結局，認爲太俗氣。

他把歌劇的核心放在柳兒「愛」的情操上，強調純愛的美、眞愛的偉大、大愛無疆……而柳兒、卡拉夫和父親鐵木兒恰恰都是他近年來關注的難民問題。很特別的詮釋，我欣然同意參加這個有挑戰性的創作。

而讓我開始眞正認識未未是八九年六月四日的天安門事件。六月九日在紐約哈瑪紹廣場示威遊行的情景：牽領遊行隊伍的是巨幅的〈國殤〉橫幅和後面隨行的巨棺。當年第一排的遊行隊伍中一馬當先的是艾未未，他在腦門上纏了弔喪的白布，聲嘶力竭揮拳怒吼，激情慷慨。

九十年代初期，父親艾青身體狀況不佳，艾未未決定回中國。此後，我們也一直保持來往和聯繫，我寫未未寫得最多，算了一下共七篇，按照發表順序排列：

〈有良知的藝術家〉（二〇一一年春天，艾未未被關押時寫文章聲援）

艾未未已步入中年，不再怒吼揮拳，但仍然激情大聲的把想講的話、該說的道理，毫無懼色、坦坦蕩蕩地表達出來。在作品中，在實際行動中，在可見的媒體採訪中，我們都可以清清楚楚看到、聽到、感受到他在堅守自己做人的原則，爲了信念，不畏付出代價。

〈良心大使、承擔責任的藝術家〉

文章介紹了二〇一六年冬天，紐約同時有三個畫廊四個場地展出他的作品，還報導了他在紐約布碌崙博物館（Brooklyn Museum）與古巴藝術家 Tania Bruguera 對談「政治、抗爭與藝術」，文中的對談部分，節錄：

艾未未說：「我不認為自己是『政治藝術家』，應當是『行動藝術家』。

作為一個人應該對人類社會承擔責任，用自己的行動告訴這個世界，我能做的事，你們也一樣可以做。每個人必須有行動、有精神上的堅持，這些堅持必須很清楚。作為個人，我總是強調『個人』的定義，才讓自己的言論觀點能有如今的影響力。」

〈叫停?!〉（二〇二〇年春天，因爲疫情，羅馬歌劇院《圖蘭朵》停排）

未未感到這次天災人禍是世界性的，應當及時在舞台上反映並清楚的用藝術手法表現出來。於是艾未未工作室開始訂製上百套防護服，買了各類屍袋作研究……決定用新型冠狀病毒的災難作歌劇《圖蘭朵》的結尾，結果首演一周前停排。

〈胡作非爲說未未〉

二〇二一年七月中旬應艾未未邀請去了葡萄牙近十天，看了他的兩個展覽：先在Porto（波爾圖，塞拉維斯當代藝術博物館）「Intertwine」（交織）的展覽；後去了里斯本再看了他在葡萄牙的第一次回顧展「Rapture」（狂喜）。住在他郊區莊園家中那幾天，有幸拜讀了部分即將出版的英文回憶錄《*1000 years of joys and Sorrows*》（千年悲歡）。跟未未長期以來的接觸，想他一路走來的人生道路豐姿多彩，連日常生活也都風風火火，如此不滿社會現狀而會用作品表達和「折騰」的一個人，用「胡作非爲」一當代表他的作風、性情、思路、新書創作。

〈念念——名字〉（此篇文章也作爲書名《念念》）

二〇二一年五月艾未未用行動創作了「念念」，紀念汶川大地震十三週年，這是他的群體藝術實踐項目。「念念」由二〇二一年年四月四日中國清明節（今年適巧也是復活節）零時開始，至五月十二日汶川大地震當日二十四點正結束。在全程三十九天中，由志願者持續念在汶川大地震中喪生的學生名字，連續接力地念、念想、懷念、念念不忘十三年前被壓在了倒塌的校舍下的每個年輕的生命。「念念」規劃內容上寫著：名字是生命的最初也是最後屬於個體的基本特徵。尊重生命，拒絕遺忘！

由志願者在「精英俱樂部」網站（Clubhouse）上，將五千一百九十七位遇難學生名字分爲二十六個單元，每個單元有二百個名字。分單元持續念出在地震中喪生的學生名字，總計九百三十六小時不斷的音頻，共有三百多位志願者參與，我也是其中之一。

給我的感覺好像人們在誦經、在超度亡靈，心裡的震撼是始料未及的。我擔心自己無法承受這個壓力，結果，就像我上舞台前一樣，在輪到我念之前，深呼吸一下，然後上場念。我一直在想：對我們來說每年只有一個五月十二日，但對地震災區死了孩子的父母來說每一天每一刻，分分秒秒都是五月十二日！

聽著一個個名字，會勾起我一長串的聯想：假如這個孩子還活著，今年該幾歲了？

假如這個孩子還活著，現在學校畢業了？

假如這個孩子還活著，目前在從事什麼工作？

假如這個孩子還活著，可以是談戀愛的年齡了？

假如這個孩子還活著，……？

〈聰慧頭腦〉

二〇一五年在瑞典斯德哥爾摩成立的 Brilliant Minds Foundation（聰慧頭腦基金會）是一個全球性的平臺，讓富有創造力的人聚集在一起，共同思考改變世界的想法。基金會植根於瑞典的開放、透明、平等、信任和社會責任價值觀。艾未未的作品「拱門」（Arch）二〇二二年六月在瑞典國家美術博物館前揭幕，揭幕作爲「聰慧頭腦」今年的開幕式，艾未未發表感言。最後他特意表彰了瑞典在難民問題上一馬當先，做出表率；同時在環保、解決空氣污染問題上的承諾；人權、性別、教育、政治與種族平等問題上，都永遠在世界上領先，一直名列前茅。

〈藝術無疆——與艾未未合作《圖蘭朵》〉（羅馬歌劇院演出《圖蘭朵》創作隨筆）

相隔二年後，二〇二二年二月二十二日開排《圖蘭朵》，隔天二月二十四日排練時，驚悉俄羅斯入侵烏克蘭，指揮和扮演「圖蘭朵」的女高音，還有很多演員都來自烏克蘭，排練之餘所有的時間和注意力都在這場民不聊生殘酷的戰爭上。

兩年前未未設計的舞台投影視頻約四十分鐘，而目前最終增加到一小時五十二分，也就是投影視頻從音樂第一拍開始，直到最後一拍結束都會出現，貫穿全劇。視頻內容主要圍繞、集中在三個主題，一、流離失所烽火中的難民：在路上、沙漠中、鐵絲網後、海上飄遊……；二、新冠疫情防控：醫務室人員、急救車、世界各著名景點空空蕩蕩、無人的地鐵……；三、世界各地抗爭運動：雨傘、警棍、拘捕、鎮壓、催淚彈、縱火……

未未版本的《圖蘭朵》對歌劇進行了結構性變化，顛覆傳統歌劇形式，打破了歌劇的條條框框，無疆界的舞台藝術，掙脫了所有的枷鎖出神入化，使現場的觀眾被感染、打動、震撼人心之餘引發聯想、深思！

座談結束前，張鴻運要我談一下後面的寫作計劃。

今年秋天，台灣的時報出版公司會出版我的新書《定心丸》，其中在書中有〈續舊緣憶故人——俞先生大綱〉，前面談到的〈藝術無疆〉等共十一章。最重要的一章是給我母親今年一〇一歲的生日禮——〈定心丸〉，就用這章題目作爲書名，並請章詒和女士給書名題字。

座談會後江青與 101 歲母親合影。

一個半小時很快就過去了，感謝現場聽衆前來，座談會在風雨中開始，又在風雨中結束。很多現場及網上的問題無法一一答覆。感謝大家閱讀我的書籍，關心我的人生成長經歷，特別感謝張鴻運先生在百忙之中主持這個座談，並精心做了大量的案頭工作。

最後祈禱和平！祝願各位平安、健康！

二〇二三年五月十八日江青

定心丸——我的母親

母親已過百歲了！活過了有歷史、有故事、有晴雨風霜、有喜怒哀樂的年月，人生的閱歷和歷練造就了她的淡定、睿智、堅韌、容忍、大度……

我今年也七十七了，步入老年才意識到眼下我沒有人生大計也沒有時間表，人生的甜酸苦辣也都試嚐嚐試過了，目前想看的、想做的、想聽的、想寫的……都由興致所致、隨心所欲即興決定。而這一切的一，一的一切都是因爲我有顆定心丸——我的母親。

回想起來要從孩童時期述起：我五歲時由國潤幼稚園直升國潤小學一年級。國潤是上海虹口區私立小學，創辦人是我外公巫惟潤，校長巫惠淑是巫家長女——我的母親。母親一直沒有教過我班上的課，只有一學期她要給請產假的老師代課，在我班上教「自然」。學校的期終考試要到了，我拚命在家溫習功課，晚上困倦得直打瞌睡。母

巫家長女巫惠淑。

親就在燈下出第二天自然課的試題，她裝著沒看見我。照顧我的姨婆（外婆的姐姐），看我熬夜熬得辛苦，就勸媽媽把試題先給我看一下，結果她不但不答應，反而對我說：「即使我給你看，你也不應當看。作弊是不誠實的行爲，念書不是光爲了分數，將來得益是自己的。」第二天自然課期終考，我考了全班唯一的滿分。班上同學懷疑我在考前作了弊，當面冷嘲、背後熱諷，我是有理無處評，因爲一評理就要我母親作證。我無故受冤屈，只好請求母親不要到我班上來教課，這點要求她也沒答應，說：「只要自己行得正，不應當理會別人怎麼想，問心無愧就好！」母親要我心安理得，是記憶中最早嚥下的定心丸。

刻骨銘心的是一九五四年我八歲，國慶節前夕外公在國潤學校門口，當我面被逮捕，母親面對幾十雙淚眼和失語驚恐的大家庭成員，要求每個人的日子還是要按正常過。

不懂事的大弟仍然嘈嚷著要去「兜風」，看國慶張燈結彩的上海，母親自己剛宣佈：日子要正常過，非以身作則不可，就領著我們登上了大門口已等了很久的包下的三輪車。她那晚的鎮靜和勇氣把我鎮住了，我們蓋著毯子，靜靜地坐在車裡，整晚我沒敢回頭朝母親看，怕萬一她在流淚，我就會把持不住。只有大弟興高采烈，看到燈閃閃發光時還樂呵呵地拍手。我故意表示累了，想早點回家，好結束這幾乎是殘忍的「兜風」。等大弟在回家的路上睡著了，我終於問：「為什麼？」她的回答是給我在遞定心丸，至今我還清楚記得：

「每個時代的革命，都有一個階級是被犧牲的。這次的革命，我們的家庭成分正好是屬於那被犧牲的階級，從比例上講是極少數的，只要中國大多數的人好起來，不能因為我們是屬於被犧牲的階級而有仇恨。」

此後，母親被罷免校長職務換學校任教，左鄰右舍以及同學，似乎都在議論，那種神秘的表情，壓低的聲音，指點的手勢，對我是一種壓力和羞辱。外公定罪「歷史反革命」判十年監禁，上小學最後的兩年，我嘗盡了抬不起頭、直不起腰，比旁人低幾等的滋味。回想十歲時，我那麼急切地要「逃」離我酷愛的上海去北京舞校住讀，是因為「逃」可以使我甩掉那沾在我臉上的污點，抹掉那刻在我心上的疤痕，擺脫掉那令我感到羞辱的環境，在北京舞校的新環境中，我將又可以抬頭、直腰，一身清白。為了我十歲要離家，召開了大家庭會議，在衆口一詞反對的情況下，母親要我表態：

「大家的意見她都聽到了，還是看小青自己的意思決定罷。」我愧疚的低下頭：「我要去北京。」「好！」母親輕聲的。

半年後一九五七年的初冬，母親帶著我兩個弟弟到北京來看我，住了近一個月。那個月適逢北京舉行「全國第一屆民間表演藝術匯演」，各省的精英和各類形式的劇目，都琳琅滿目地呈現在北京大大小小的劇場中。舞校特意調配了學生的作息時間，好讓我們觀摩演出；我母親也樂此不疲地趁著千載難逢的好機會，隨著校車和我一齊到各劇場中大飽眼福。

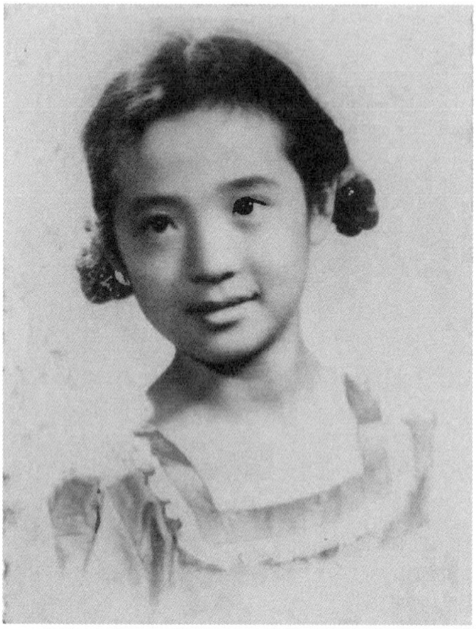
1956年江青考入北京舞蹈學校就讀。

母親離京不久，十分意外地我收到了她由香港發出的家信。信中語重心長地道出了促使她最終選擇了到香港定居的原委。並說她來京的原意是準備帶我一起到香港與父親團聚，令她改變初衷的原因是覺得舞校教育環境使我獨立，各方面都很「健康」，將來去留香港的問題應當由我自主決定。

一九五七年暑假時，我去了香港探親。令我吃驚的就是整個香港沉淪在一個單字中——錢！走到街上看到的都是廣告牌和霓虹燈，媒體上充徹著招商和馬經。「錢」在香港就是太上皇，爲了「錢」人人在掙扎、忙碌、奮鬥、下賭注……難道人生的目的就是爲了錢和物質享受？尤其令我厭惡的是強烈的殖民主義色彩，百分之九十以上是中國人的地方，偏偏一切公文都是英文的，白人似乎比中國人高一等……在我們母女閒話家常中幾乎沒有直接討論過我的去留問題，可以感覺到她完全理解我對香港的「厭惡感」。

57 年初冬媽媽帶弟弟江秀、江山到北京看我。

1957 年夏與母親在香港。

當年香港沒能留我多住一天，學校開學前幾天，母親帶著弟弟們一直陪我到廣州，送我上了京廣線的直快車。我吃下定心丸躺在臥舖上，列車在京廣線上隆隆地對準了目的地在向前奔馳！

將要邁進六十年代，我開始了舞校第四年的學習，中國開始了三年「困難時期」。那時期吃得極簡單，白菜湯和醬鹹菜是主要副食品，糧食定量，主食大都吃雜糧，魚肉很稀罕，第一次嚐到「餓得慌」的滋味，營養不良導致我嚴重浮腫。母親知道我「吃苦頭」，從香港定時寄些奶粉、砂糖之類的營養品，但我不想與衆不同，斷然拒絕，母親揣摩出我的口是心非，照寄不誤。收到後我也只敢在夜深人靜熄燈後蒙在被中吃，餓極時可以一口氣吞咽下一大罐拌了砂糖的奶粉，吃到噁心才住口。收到定時寄來的營養品成了「餓得慌」時期的定心丸。

我在《往時、往事、往思》書中，〈兩鏡之間〉一章中這樣寫：

十六歲那年，離開了北京舞蹈學校教室中那些熟悉的大鏡，照不著自己，我失落了。在舞校六年以來對鏡練舞，已由習慣成自然。在鏡中，我看到了重心的正與斜、動作的優與劣，只要緊盯著鏡中看，我就能穩穩地掌握住平衡。一念之差，最終迫不得已爲弟弟們出國留學的前途，而答應留在香港，照不到大鏡我迷失了。母親看我對一切採取自暴自棄的態度，苦口婆心跟我談：「你才十六歲，要學什麼都還不晚，對自己的將來有什麼打算呢？」「哪有什麼將來？」我怨恨自己無力掙脫血緣和親情這些傳統的道德觀緊箍在我脖上的枷鎖，爲此犧牲了自己的「將來」——舞蹈。

一九六三年，加入李翰祥導演成立的「香港國聯影業公司」，編舞兼主演黃梅調影片《七仙女》，使我從此「入鏡」上了銀幕。

第二部由我任女主角的黃梅調影片《狀元及第》，仍由李翰祥執導。台北上映的頭一天，打破了有史以來中外影片票房收入最高紀錄。「國聯」後台是新加坡「國泰」機構。國泰想打鐵趁熱，邀我隨《狀》片去星、馬地區登台演出以擴大聲勢。當我知悉李導演同意了國泰的計劃後，十分惱火的去辦公室找他，他面有難色，無奈「國聯」經濟上依賴「國泰」。最後，我向公司提出條件：母親要隨我同行，國泰馬上同意了。有母親同行「定心壯膽」，一九六五年底開始在星、馬「南征北戰」，七十五天的登台演出行程中，每到一地，全照慣例安排了影友俱樂部歡迎會、記者招待會……永遠是同類、無聊、乏味的問題。自小深知自救的重要，於是安排在演出中間和母親一起遊山玩水尋開心。後來在吉隆坡演出時，發現有一位很好的印度舞老師，在母親鼓勵下，立刻學起我以往沒接觸過的印度舞。對我，隨片登台是一種時間浪費，如果能學些有趣而有益的知識也是一種補償。每次學舞時，母親在旁拍了許多照片，幫我記錄下舞步和要領。

1965 年狀元及第劇照江青（左）鈕方雨。

1965年江青在馬來西亞隨片登台，母女在影院門口。

回想起來好像這是我年輕時跟母親日夜相處的最長一段愉悅時光。

登台結束回到台灣當年，或許是鬼使神差罷，我二十歲閃電結婚。父母在香港從媒體上得到號外消息後震驚不已。昏頭脹腦的我竟然完全不作解釋，只到第二年春天，產前三天，因爲無錢付住院產費，只好匆忙回香港娘家，不記得當時怎麼撒得「謊」？應當是推說投資做生意周轉不靈，因爲我後來幾年，包括抵押父母房地產都是用同樣的託詞。在我危急之時父母沒有多問一句話、一個字，送我到香港養和醫院檢查生產。產後我留在娘家坐月子，有母親陪伴照顧當然心定，但當時我是啞巴吃黃蓮有苦說不

1965 年吉隆坡江青學印度舞（攝影巫惠淑）。

出，不敢吐露半點實情避免父母傷心。

從小好強、要面子、任性，完全理想化的愛情婚姻觀，讓我吃足了苦，但爲了孩子只得認命。痛苦的婚姻，繁重的家務，使我疲憊不堪。尤其是望不到頭的債務——積壓下來的賭債和欠下的片債，從第一天結婚起我沒有過過一天不是負債的日子。當然必須承認「惡果」是自己漸漸栽培出來的。

一九七〇年母親知道我已正式簽字分居，帶著三歲兒子生活，就從香港到台灣來照顧我。結果，前任爲了怕離婚的事實眞相暴露，會毀壞他的名譽和事業，而挾持自己的兒子作人質，上演了那場自編、自導、自演、蓄意製造成由於第三者介入，導致婚姻破裂而轟動社會的緋聞。驚恐、苦澀、屈辱、心寒、絕望……我到了要完全崩潰的地步。爲了不使自己被打得趴在地上，決定「逃」生——出鏡、出境。走前父母驚異地發現，在我主演了二十九部影片之後，竟然沒有能力購買一張赴美單程機票。

母親日夜守護、開導我，但具體她講了什麼，完全不記得了，也許當時在極度沮喪中什麼都聽不進，隱約知道她去過俞大綱老師家尋求意見。後來俞大綱老師給我的信中提及：「妳的媽媽也有信來，我尚未作復，我覺得妳的媽媽眞是個偉大的女性。」最令我不忍的是，眼見母親由於壓力、困擾、失眠，一天天消瘦下去，在我離開台灣前十天中，她的體重竟掉了三十磅。上機前對父母無限歉疚地說了我一輩子中對他們說的第一次「對不起」！

到了美國洛杉磯，從擁有事業、名譽、家庭、孩子，變爲一文不名、一無所有……對這種滑落的幅度和速度，我心理上毫無準備，一下子便要面對滑落後殘酷無情冷漠的現實。母親每週給我寫好幾封長信，字裡行間無盡的愛和理解盡在其中。一開始她勸我散散心就打道回府，一切從長計議，後來看我沒有回心轉意的可能，就開導鼓勵我振作前行。這些信就像一顆顆定心丸，一段時間後，我決定周日白天學英文，晚上和週末寫有關《中國民族舞》，記錄下舞校習舞經驗，這樣可以將我的時間和腦子塡滿。母親接到我的信後沒多久，就開始收到她寄來的一本又一本，親手抄寫的可以找到的舞蹈資料。在手抄本中，她連許多舞姿圖解以及舞蹈隊形也照描了下來，每本書中都凝聚了母親的關愛、心血和她的期望，在人生低谷時，對我的策勵是難以衡量的。

一九七一年春天，加州長堤（Long Beach）大學邀我作一場中國舞示範演出，我把這個喜訊告訴了母親，她忙得比我更起勁，按照我的具體要求，找音樂資料，製作服裝。我正在寫的《中國民族舞》中的一些章節，此時也派上了用場，作節目介紹用。正是這場演出，我幸運地得到了柏克萊大學的教職。

一九七三年春天，爲搞創作和學習現代舞，我搬去了紐約，在紐約亨特大學舞蹈系半職工作，利用大學的舞蹈教室和學生，想在紐約開舞蹈發表會，得到了「紐約華美協進社」的支持。舞蹈晚會中的大部分節目是爲紐約的首演編排的，共十位舞者，道具、服裝、都需要製作。母親根據所需，出錢出力在香港定製了一批，其它根據需要在紐約設計製作。從籌劃到公演，用了半年的時間。一九七三年十一月七日，在有一千多座位的紐約市會堂公演時座無虛席。次日《紐約時報》及所有媒體，對演出評價甚高。本來我毫無自組舞團的計劃，但現在似乎有水到渠成的趨勢，於是決定成立「江青舞蹈團」。

租下了蘇荷（SoHo）的舊倉庫先作舞蹈工作室和家，後又改建成可以作表演用的實驗小劇場。母親爲了支持我，經常由雪梨到紐約，還買了架縫紉機，從給演員量身，到一件件縫製演出服。寫到這裡，我彷彿可以看到她在燈下，縫紉機前的剪影。記得同條街上有家布料店，碎料非常便宜，我們經常進去淘寶。一天我在蘇荷逛畫廊，發現有一堆黑布料扔在製衣廠門口的人行道上，每幅至少有單人床單那樣大，馬上想到可廢物利用做幕簾。於是趕緊回去拿推車，幾次來回就將整堆布料推到了工作室。母親當時在紐約，就又借用了她那雙巧手，幾天之後，整幅牆的大鏡需要消失時，可用黑簾子拉上遮起來，另一端的白牆也是同樣處理。這一來連舞台底幕全有了，況且還能有黑簾和白牆兩色可選。加上燈光設施和觀眾席後，建成了可以容納五十位觀眾的實驗小劇場。實驗演出訓練了我能把作品的弊病看得更客觀透徹些，給我在創作上壯了膽，短時間內編出了不少新作品。

俗話說：「丈母娘看女婿，越看越歡喜。」母親從來沒有跟我提過要找什麼樣的人托付終生，因爲她清楚的知道我經過幾近荒謬的四年痛苦婚姻，匪夷所思的婚變，

1952 年媽媽抱著山、青、秀小儐相在上海。

讓我不想重蹈覆轍。一九七六年，她第一次看到比雷爾時，就誇獎比雷爾是個坦蕩誠實的人。對他印象頗佳還有一個重要因素是：上海人稱「毛腳女婿」，意思是手腳很勤快，比雷爾主動幫忙家務，給我的工作室換燈泡、修桌椅，廚房裡也跟我分工合作，丈母娘看這麼勤快的男人，又把我寵成寶，當然細雨無聲的歡喜。

母親人生的閱歷和經驗懂得「看人」，她告誡我：「看人不是要看他對妳怎麼樣，重要的是要看他對親人、朋友、同事，和周圍其他的所有人怎麼樣？」

一九七八年，我和比雷爾婚後去了上海，我的外公、外婆仍然健在，適逢三姨父癌症晚期在彌留之際。上海之行見到了所有的親人，比雷爾似乎與生俱來的對人的同情心和對人的尊重，對任何人永遠一視同仁的愛心，得到上海親友們的尊敬、敬重。當然他們一五一十的跟巫家長女作了總結匯報。

一九八四年秋天，我產期前一個月母親來瑞典，產後又多待了一陣子，漢寧滿月後我們就搬到島上去了，外婆看到外孫，寶貝、寶貝叫個不停，比雷爾學了這個中文暱稱，也叫兒子寶貝。比雷爾喜歡大自然，在島上忙著砍樹劈材、撒網捕魚，正值那年松菇豐收，母親每天歡天喜地的採摘，比雷爾忙著去僞存眞，我們一起清理晾曬蘑菇，收魚網清理網和魚，母親也樂在其中，至今回想來應當稱得上是度過了最幸福的時光！

我的第一本書《往時、往事、往思》於一九九一年秋天出繁體版，序幕中我寫：「在平實地記下自己過去的實際經驗的過程中，似乎聽到了腳踏實地的聲響。腳步聲使自己興奮，就衝動地一路往下走了。」

母親帶著我們姐弟三與外公、外婆在上海合影。

那時我不會拼音打字，也不會用電腦，一路往下走就是一個字一個字的手寫——「爬格子」。母親不知道從哪裡給我買到了打方格的稿紙，原因是我習慣手舞足蹈，寫字也如此，很少人可以看得懂我龍飛鳳舞的字跡，母親想有格子可以約束我的壞習慣，但結果還是讓人看得一頭霧水要猜字。只有母親看得懂我的字，所以幫我謄寫，外加改正我的錯別字和標點符號。書出版時近三百五十頁，在

2005 年丈母娘和女婿在敦煌。

寫的過程中改寫又寫改，重新調整段落一遍又一遍，前後兩年中，母親不離不棄的反覆謄寫，沒有怨言只有勉勵再勉勵。

母親一生中唯一的嗜好是旅行，她沒有去過敦煌，一直記掛著，比雷爾也是對敦煌情有獨鍾，於是二〇〇五年我們一行親朋好友二十餘人組團去中國，主要景點是敦煌。母親自覺年事已高，希望回老家江蘇鎮江給她的父母和祖輩掃最後一次墓，團隊在上海解散前，母親盡地主之誼設宴請全團人員去吃本幫菜。第二天，比雷爾和漢寧陪著我們母女去掃墓，祖輩親人們一個個相繼而逝，靜靜地長眠在鎮江丹徒老家祖產深山中，看到母親跪拜時淚如雨下，比雷爾也不能自已地掏出手帕。我扶著母親靜默佇立良久，山風在耳邊呼嘯而過，母親對我耳語：「我想這是我最後一次到這裡來祭祖了！」

父親於一九九四年秋天因腦溢血去世，之後母親不想獨自住在紐約皇后區森林小丘的獨棟洋房中，商議後，小弟一家四口搬到森林小丘，母親則搬來蘇荷。當時漢寧開始在瑞典上學，我在紐約的「江青舞蹈團」已結束，開始了自由編導工作，因此我絕大多數的時間是在瑞典。偌大的工作室改裝成公寓，反而母親是主人我們成了訪客。父親在世時，因為體力和「不隨和的」個性，很少外出長途旅行，現在母親可以自由行動出去看世界了，比雷爾是個孝順女婿，母親也永遠是我們姐弟四人的定心丸，長久以來她既有功勞也有苦老，好像一塊磚頭，哪裡有需要她就搬去哪裡。

我們有了任何旅行計劃，都自然而然的包括母親在內，一起旅遊了許多國家：義大利、法國、西班牙、聖彼得堡、奧地利、瑞士、阿根庭、南極，以及北歐各國、美國和加拿大的主要景點也都旅遊過了。她隨遇而安、而樂，對不同的風俗、景色都充滿了好奇，對不同的食品也喜歡嘗試，所以有母親參加的旅遊，大家都興致盎然。我是個急性子，時常為了一點小事大驚小怪，比雷爾知道這最多是三分鐘就會過去的風暴，總是笑而不語，或者說：「我要去妳媽媽那裡『告狀』！」

二〇〇六年初秋，我跟比雷爾送母親和同來度假的五姨去斯德哥爾摩國際機場。在回程的路上比雷爾告訴我，他得了晚期攝護腺癌，已經無法開刀。他知道這個診斷

母女在 Costa Rica 旅遊。

八十年代後期，比雷爾、江青、漢寧、母親在法國南部度假。

已經三個月了，但不想讓母親和我擔心，掃我們的玩興，所以一直等她們離開後才告訴我。我在駕駛座上，一聽這晴天霹靂的消息忙把車停在高速公路的路肩上，讓自己心緒稍微平靜後，才換位讓比雷爾開車回家，一路上我不敢開口，千思萬緒絞心的疼。跟母親則隻字未提，免她操心傷神。

二〇〇八年秋天比雷爾辭世，母親過於悲傷無法來瑞典參加葬禮，弟弟們來了。我和比雷爾相識相守整整三十三年，堅實的大地塌陷了，一旦腳下懸空，頓時吊在半空晃晃悠悠的失去了方向。辦完後事，我隻身去了紐約，年底和母親一起搬入了曼哈頓下城金融區的公寓。當初爲母親挑這個公寓考慮是三近：近醫院、近中國城、近老人會。老人會中有牌友，母親怕得老年痴呆症，近年來，每天打幾圈小麻將可以有助於活動腦筋，午飯後她帶份早上買的中文報紙回家慢慢看。雖有母親相依爲命助我排憂解愁，但自知之明告訴我必須去找一件具體而又值得去做的事來做，搞舞台新創作自知無心無力，左思右想的結果，似乎將舊作整理出版《藝壇拾片》是個較比切實的好主意。

二〇〇九年瑞典大地回春之際，我將寫作相關材料一古腦兒搬到猞猁島上，《藝壇拾片》基本上是那年初春至秋末期間在島上完成。在後記中我寫：

「眼見盛開的野花，耳聞鳥啼，浪濤和松風聲，我驚異的發現：三十三年後，我終於在這個熟悉的環境裡眞正的體悟到比雷爾的『天堂』，能給予我的前所未有過的安祥

2009 年母女在香島小築作客。

與寧靜。」

其實寧靜與安祥和母親的細心呵護息息相關，那年夏天母親不放心我長期獨處，邀請了她的弟妹也就是我的阿姨舅舅們從美國到瑞典來住一陣。還是和幾十年前在上海大家庭中一樣，他們兄弟姊妹們少不了拌嘴，母親永遠是巫家長女，不停的調解，也讓我憶起在上海童年時嘻哈打鬧、熱鬧非凡的愉悅時光。

二〇一〇年我們姐弟四人和母親一起去西班牙巴塞隆納度假，之後又上船去摩洛哥、馬賽一帶遊玩，正在興頭上，接到紐約來的長途電話，說母親在曼哈頓申請的老人公寓已經批准了，如過

母親在猞猁島前，海上鉤魚。

時不覆信將予取消。母親喜出望外，我馬上問：「我怎麼一點都不知道，妳何時申請的？」「不記得了，我只是覺得我們在互相遷就，能各自爲政最舒服。」我無言以對，「不是嗎？我們各自非常獨立，也各自有自己的朋友圈，看的電視節目、作息時間、飲食習慣也不盡相同，眞的長期住在一起，能避免摩擦嗎？」知女莫如母，原來母親有先見之明，把我摸的透透的，這段分析說到了節骨眼上，也說到了我心眼上。不得不佩服母親對人性、人生處境通透的理解。

從此我們各有了自己的窩，但距離不遠，從我處去她東村的公寓搭地鐵快捷，步行半小時就到了，母親依然風雨無阻的每天去老人會打麻將，午飯後拿了報紙散步到我家坐一下、聊一會兒，有時約在中國城碰頭，一起買菜、下館子……似乎母女關係又進一步成了亦母亦友。

要感謝香港牛津出版社林道群先生，《藝壇拾片》出版後，我嘗到了孤獨面對的甘甜和對我的重要，從此我筆耕不斷，發表文章也愈來愈多。文字創作給了我很大的滿足感和定力，而母親永遠是我文章的第一個讀者，不言而喻她的反饋和嘉獎給了我莫大的動力。

二〇一三年六月份母親特意由紐約到瑞典來參加外孫漢寧醫學院畢業禮。提前安排好在畢業禮後和母親去葡萄牙渡假，因爲我和比雷爾一九七八年夏天在瑞典駐葡萄牙大使館登記結婚，他生前一直想和我一起舊地重遊，卻苦無機會，這次正好可以選個母親沒有去過的地方遊覽。在葡萄牙渡假的最後一天，清晨出發去了三十五年前我們的蜜月所在地，離里斯本大約一小時汽車路程，在葡萄牙被稱爲浪漫之都的小鎮Sintra，它依山傍水鑲嵌在山海之間。我想再去好好看一下建築在峰頂上的磐納皇宮（Pena National Palace），與三十五年前和比雷爾蜜月來時一樣，似乎立馬墮入了奇蹟般未知的童話世界中，也感慨時間絲毫沒有在它身上留下任何痕跡。那天在磐納皇宮我要媽媽用她新買的掌上電腦（Mini ipad）拍照留念，她拍得個仔細又起勁。晚飯我們去了當地傳統老飯店，店主開始彈起吉他唱起著名的葡萄牙怨曲法朵（Fado，葡萄牙語意爲命運或宿命）帶點憂傷。九十一歲的母親說：「這是我聽到過的最好聽的男生合唱！」我微醉的告訴母親：「有妳在我得以舊夢重溫，謝謝妳幫比雷爾圓了夢！」

由葡萄牙回到瑞典後，我們去猞猁島住了一陣，母親依舊念念不忘比雷爾在世時曾經在島上度過的世外桃源生活，但她畢竟年事已高，怕生意外，離開島上時帶點傷感又戀戀不捨的說：「恐怕這是我最後一次來這裡了！」此言讓我沉浸在紛亂的思緒之中。

第三代孫輩中只有漢寧可以講中文，爲此他還得到過外公的獎勵。每年他都會去紐約度假探望外婆，跟外婆交流完全沒問題，有一次，還帶了幾位好朋友去紐約，在蘇荷住了一週，外婆破例

江青和母親江巫惠淑在磐納皇宮（Pena National Palace）。

青、秀、山和媽媽在南美 2013 年。

請大家到皇后區中國城大吃一頓，幾個年輕人現在都做父親了，看到我還會讚揚母親「孩子王」的精力，對他們永遠是次難得又難忘的經驗。

從母親身上學到了自愛自重、自食其力，爲了寫作「不求人」，我圖強發憤，先學會了拼音又學會了使用電腦，到哪裡帶著電腦就可以寫作了。紐約那邊有高壽的母親，瑞典這邊有稚嫩的孫女，我時常做空中飛人，在瑞典、紐約穿梭，在兩地享受不同的天倫之樂。

發現母親在變老的路上，越來越將世事看淡、看開、看空，生活上依然依照不需要假他人之手的事，絕對自己動手，老是怕自己身體不好會拖累孩子們和周邊的親人，所以格外注重食品的健康、有規律的生活、鍛鍊和散步也是她每天不可少的運動。近年來她也一直在處心積慮的在生活上做減法，一切不動聲色在進行，譬如把衣物整理出來，分發給她認爲合適或有需要的人；一些屋中的裝飾紀念品也整理好分贈出去；絕對不添購傢具；戴的耳環、手錶、項鍊等等，是誰送的，她記得一清二楚要完璧歸趙；自購的她就找理由送生日禮、聖誕禮、婚禮……一樣樣送出去。客廳和臥房中基本上就是掛了家人的照片。

遺憾的是空中飛人一下子飛不了了，二〇二〇年三月初我在羅馬歌劇院排練《圖蘭朵》，由於義大利新冠疫情日漸囂張，歌劇院在上演前一週突然宣佈停排。兩天後，我像一個洩氣的皮球，除了護照和機票還在，鑰匙、現金、信用卡等都不翼而飛，回到斯德哥爾摩兒子在急診室上班，只好向好友陳邁平求救，他先去醫院拿鑰匙，然後到機場接我。

一邊憂心忡忡兒子在瑞典高風險一線工作的安危，瑞典實施佛系「不封鎖」防疫政策，人均死亡率曾冠居全球，疫情一開始他就病了，只要不發燒，又得回醫院繼續工作，他不能跟我接觸，令我在驚恐中無所適從。而大西洋的另一端，母親在高風險年齡段，又居住在高風險的養老公寓中，老人會的所有活動一概停止，親友也不許進出養老公寓探訪她，每天跟母親通電話，她重複同樣的話：「我蠻好，妳放心！漢寧怎麼樣？」

在方寸大亂時，意識到眼下必須孤獨面對困境，用自療、自救的老「藥方」——把自己釘在桌邊埋下頭，寫！寫作帶來的靜、淨、境，使我在二〇二〇年出版了《我歌我唱》、《食中作樂》，年底又著手寫《念念》。疫情期間，反而是我文字創作中最多產、密集的一段時光，經驗了一段人生中最高級的活法，獨處！

不料，二月中旬接到二弟江山打來的電話，語氣極度焦躁不安：「媽媽完全有氣無力，剛剛在浴室裡摔了跤……妳不要後悔啊，如果妳再不回紐約來，萬一有意外發生……」「啊！我立刻回紐約……」然而瑞典是重災區，已經沒有直飛紐約的班機，馬上去指定點核檢，拿到陰性二十四小時的證明後，上網辦登記手續時，才發現美國護照過期了。一番折騰後，於二月十八日順利搭乘瑞士航空，在瑞士蘇黎世轉機赴紐約。

到紐約先需要隔離，然後有了打疫苗證件後才准許進養老公寓，當時要拿到打針的預約難於上青天，我四處託人，結果好友 Tina 日夜替我在網上搜索，終於看到在布魯克林的偏遠處，可預約三天後打疫苗。清晨等車去布魯克林時，才發現疫情期間此路關閉，平時招手既來的出租車也停駛，又是 Tina 給我約到私家出租車。等待是最難耐的，與母親明明是近在眼前，卻無法見到，時間一刻如一年般緩慢。

母親因爲住在養老公寓，特殊照顧，上門打疫苗，所以我打第一針時她已經打完了第二針，身體完全沒有不適。養老公寓查了我證件後放行，可以用「悲欣交集」來形容與母親再相見那一刻的心情。

此後，每天我都去母親家「請安」，燒點可口小菜帶去，坐一坐聊聊家常。一段時間後，眼見她浮腫的腿漸漸消腫了，蒼白的臉上開始泛出了光采，笑容替代了愁眉苦臉，又可以扶著牆在走廊上慢慢來回走一走。每次我剛回到家就會接獲母親的電話，因爲那段時間反亞裔言行猖狂，被辱挨揍的事件層出不窮，她生怕在路上會發生意外，所以老是催我天沒黑就走，我平安抵達她才放心。

日子過得淡泊寧靜也極單純，唯一的希望和目的是如何讓母親的身體康復。半年下來，她的健康幾乎恢復到疫情前的狀況，逐漸解封後，也可以上附近館子吃飯，在護理陪同下，有陽光時推著帶輪的椅子，可以到街邊公園溜彎，去鄰近超市買喜歡的食品，有一次她還給自己買了兩件全棉的T恤，眼見母親又開始活得起勁啦！

2022 年 10 月（左起）江青、巫惠淑、漢寧抱 Iris、Samira 抱 Selma 四代同堂。

淑平（余英時先生太太）跟我隔三差五通電話，每次總是問：「定心丸怎麼樣啦？」知道她平日喜歡開玩笑，是她尊敬我母親的暱稱。她清楚的知道在我人生的每個節骨眼上，每次轉身、換跑道，母親的給予、付出、支持和無私的愛都是難以衡量的，我不止一次的告訴她：「我很幸運，無論我怎樣『胡作非爲』，都會有位依然無條件愛我的母親，否則無法想像我如何一次、又一次、再一次地跨越人生的坎兒?!」

去年春天母親身體逐漸恢復後，隨著疫情解封我必須回歐洲，先完成羅馬歌劇院

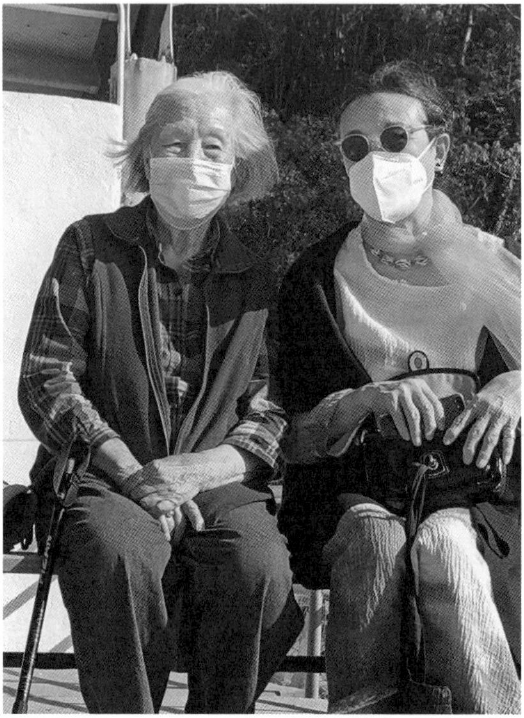

2022 年 5 月母女戴著口罩曬太陽。

兩年前未完成的《圖蘭朵》排演，然後去瑞典等待漢寧第二個孩子的誕生。向淑平電話中話別時，她笑說：「其實妳也是母親的定心丸，不是嗎？妳一來紐約，她就痊癒啦！」

一直想寫母親，但文章的題目頗費心思，母親已經入了什麼事都看淡、看開、看空的境界，用恢宏、高大上的字眼，似乎不適合她的脾性和行事作風。唉！靈機一動就借用淑平一而再三的暱稱——「定心丸」作了文章標題。

這裡寫下了從我記事起對母親的印記，發現在比例上更多的是在數落和回顧自己的人生歷程，而這流水帳樣的文字，又恰恰表達了母親在任何時間、任何情況、任何需要時，給予我的身教和愛！

今年陰曆三月十九日（陽曆五月八日）是母親一百零一歲生日，母親欣慰的是兒女四人健在，四代同堂又能圍繞膝下。

此文獻給母親，作為即將到來的生日禮！

二〇二三年三月六日於瑞典

後語

這本散文集中的十一篇文章，都是近期發表在書報雜誌中，然後集結成書。

目前我的生活沒有特定的計劃，沒有清規戒律和作息時間，一切都按照自己的興趣和感覺走，舞蹈創作上稱之爲即興。

朋友們常會問我：妳有記日記的習慣嗎？怎麼可以記得那麼清楚，時間、地點、人物、環境，對話……也有朋友會勉勵我：妳一輩子做了無數事，交了無數朋友，生活太豐富了，是口述歷史，應當好好記下來。

我一輩子沒有記過日記，學生時代寫自我檢討是家常便飯，都是言不由衷的應付，當然都不會記得，也不值得記下。後來搞舞台創作，當舞團藝術總監多年，需要寫些跟創作有關的話題，作節目介紹或宣傳用，這些文稿我翻找出來，在前面的幾本書中陸續發表了一些。

目前基本上我從舞台藝術生涯退休，可是個勞碌命，好像從小就不習慣無所事事的狀態，很喜歡寫作時獨自面對時內心獲得的寧靜，所以繼續在舞文上卽興。我也常常比喻自己是塊搓板，做成的任何事，都是連擠帶壓一點一滴搓出來。寫作我是半路出家的業餘愛好者和志願者，因爲不是本行倒是沒有心理負擔和交稿的壓力，把自己經歷過的或正在做的，周圍發生的事，想到和關心的人，記寫下來。

我走過的路形形色色，認識的人形形色色，做過的事形形色色，人生的歷程形形色色，書寫的人物和故事就免不了也就是色色形形了。寫這些人物和事件，都是出自內心的有感而發，筆尖好像能夠幫助我追憶，那些人生中不該遺忘的點滴、片段，有些經歷和印象是刻骨銘心的，怎可能輕而易舉的忘記？

這次爲如何能起個滿意的書名絞盡腦汁。「定心丸」是我放在這本書的最後一篇文章，因爲是寫母親，與母親太「近」了反而下筆非常艱難。這篇屬於回憶性的文字，需要審視自身從記事起到眼下的林林總總，寫的過程中使我清楚地認識到自己一路成長的軌跡，以及人生觀的形成。

我發表過的緬懷或悼念諸多親朋好友的文章，包括〈回望——比雷爾與我〉，都是在寫已經消逝的故人。爲什麼不在母親的有生之年讓她清楚的知道，她在我心中的地位，在我生命中的分量，在我成長中對我人生價值觀和生活態度的影響？悼念是給活著的人看，而逝者一無所知。我能做的應當是趁母親活著，而腦子仍然十分清晰時，獻上這篇回憶文字，這會更加有意義！

很多往事的回憶雖然不全是美好的溫馨，有時也會夾雜著痛苦，但畢竟是情眞意實最本質的感覺，最重要的是我們一起經歷過、見證了每個事件。在寫的過程中越發讓我回味到了母親無邊、無私的愛，同時意識到母親是我此生最大的驕傲和幸福源泉！

決定用「定心丸」文章標題作書名，顯而易見是最佳的選擇，我寫的第一本書扉頁上就手寫著「給姆媽」，此本就更理當如此才心安圓滿。

陳邁平（筆名萬之）是我在瑞典認識的多年老友，他的文學修養和品味是我一向崇敬的，每當寫好了一篇新文章，習慣性地總要先向他請教。他是《今天》雜誌的創辦人之一，在瑞典斯德哥爾摩大學教學時，主辦過不少中國文學討論會和學術研討會，同時邀請過不少作家、詩人、文學理論家、漢學家來斯德哥爾摩訪問、教學，也讓我有機會與許多人有了接觸。生活上知道我人生地不熟，瑞典語不通，一直對我呵護有加，尤其是比雷爾走後，更是加倍的關心我和漢寧母子的起居，特別是疫情期間，漢寧在急診一線，在我孤苦無助時伸出了溫暖的援手。

如今他和太太漢學家安娜在瑞典成立了出版社，兩人都在從事翻譯工作，翻譯出版了不少好書，此外，邁平開始了用瑞典文寫作的創作生涯，得到了行家們的 致讚揚。請他寫序時他答：「有妳的命令，不敢不答應！」其實邁平跟我母親熟識，曾多次提醒我寫母親的傳記，我有自知之明，以我目前的文字修養和格局，會是眼高手低罷。

謝謝邁平一直對我的關愛，並在百忙之中給《定心丸》寫序，是在給我加油打氣！章詒和女士我稱她小愚姐，居然應允爲書題書名，令我喜出望外。她是當今最傑出的散文家、小說家，她的文字精準、犀利、愛憎分明，每當捧起她的書都愛不釋手。一口氣啃完，尤其我的母親，是小愚姐的忠實讀者，所以由她來題《定心丸》更是意義非同小可！在此向愚姐磕頭謝過！

感謝親朋好友們提供的照片和資料，更感謝台灣時報文化出版董事長趙政岷又一次接納了我，同時也感謝編輯和美編辛勞的付出。

二〇二三年四月十一日

定心丸 / 江青作 . -- 一版 . -- 臺北市 : 時報文化出版企業股份有限公司 , 2023.08
面； 公分 . -- (People ; 502)
ISBN 978-626-374-092-1(平裝)

855 112011080

ISBN 978-626-374-092-1
Printed in Taiwan

PEOPLE 502
定心丸

作者 江青 | 照片提供 江青 | 主編 謝翠鈺 | 企劃 陳玟利 | 封面設計 林采薇、楊珮琪 | 美術編輯 SHRTING WU | 董事長 趙政岷 | 出版者 時報文化出版企業股份有限公司 108019 台北市和平西路三段 240 號 7 樓 發行專線—(02)2306-6842 讀者服務專線—0800-231-705．(02)2304-7103 讀者服務傳真—(02)2304-6858 郵撥—19344724 時報文化出版公司 信箱—10899 台北華江橋郵局第九九信箱 時報悅讀網—http://www.readingtimes.com.tw | 法律顧問 理律法律事務所 陳長文律師、李念祖律師 | 印刷 勁達印刷有限公司 | 一版一刷 2023 年 8 月 11 日 | 定價 新台幣 380 元 | 缺頁或破損的書，請寄回更換

時報文化出版公司成立於 1975 年，並於 1999 年股票上櫃公開發行，
於 2008 年脫離中時集團非屬旺中，以「尊重智慧與創意的文化事業」爲信念。